金学馆

照见五蕴皆空

段誉·乔峰·虚竹：原型与隐喻

陈志明 著

黄山书社

《天龙八部》一书中，几乎每一位人物都有原型。这是一个很意外的情形。大家有理由认为，作者这样写，应该有他一定的寓意。

目 录

堪称『金学』的大文字，陈世骧先生写给金庸的两封信，算一篇；志明兄这个新著，也算一篇。

推荐序一

刘国重

我与志明兄，因金庸小说而结缘，相知有年。

虽知志明兄这些年在编辑工作上成就不俗，仍不自禁为他惋惜：《金庸笔下的文史典故》之后，竟再无新著问世。

编辑主要为人，著述才真正为己。说是为他惋惜，其实也有三分“为己”的自私之心。毕竟，谈金庸的专著与论文虽多，真正可读的甚少。

刘再复先生也曾多次敦劝他，多写“自己的文章”。

很荣幸，本系列初稿写成后，志明兄就发给我。拜读一遍，感觉立意极高。他这么多年的“编而不述”，都是可以原谅的了。

不能说这就是“读通”《天龙八部》这部“天书”的不二法门、唯一读法，只能说，至少到目前为止，这是唯一能“读通”的读法。

或许还有别的可以“读通”的读法，只好期诸来者了。

我从来不敢妄称“金学”，不是金庸小说不够格，是自己谈金庸小说的文字写得不够好，不敢称“学”。

堪称“金学”的大文字，陈世骧先生写给金庸的两封信，算一篇；志明兄这个新著，也算一篇。

金庸先生生前，对《金庸笔下的文史典故》一书，颇为称许，披读之后，曾专门在《明报》刊登专讯，向读者推荐。

如今，志明兄新著行将问世，而金庸先生已逝，竟未得见，总是很遗憾的事。

“日盈昃，月满亏蚀。地下东南，天高西北，天地尚无完体”，信矣！

2018年12月18日

十一月十二日，金庸私人追悼会在香港低调举行。通过媒体，我知道他和马云、张纪中、黄晓明等寥寥几人成为内地仅有的出席贵宾，能够有机会进入灵堂，向金庸先生作最后告别。据报道，他也是唯一一位参加追悼会的『金学』专家。

推荐序二

谢国有

一

多年前的一个冬日，我和志明浮在北京的人潮中，往回各自的寓所。临到分别，他立定，忽然问：“你觉得一个人活着，什么最重要？”

那个时刻，北方粗粝的风一巴掌一巴掌打在脸上，让众生尊严丧尽。我们身边晃动的都是焦躁的面孔和仓促的脚步。他的安静和隆重的提问，显然是一个意外。

这样的意外，我已经习惯了。

二

二十世纪的那个八十年代，像一位受尽委屈终于回到娘家、终于见到父兄娘嫂的媳妇儿，憋了很久的眼泪开始哗哗奔涌。这眼泪的很大一部分是以文学的形式表现出来的。我们所在的那个城市，是孔子“西漂”时到过次数最多的地方，人文遗泽涟涟，自然也蛮生出一大片文学青年。一日，在一个朋友开的书店沙龙上，我眼前出现一位白而瘦的戴眼镜的书生，正盘坐在沙发一角，低头拱在一本金庸的武侠书里，痴痴如一条蚯蚓贪吮泥土的芳香。此人正是陈志明，是一家本埠媒体的记者。

后来熟络，我有时驭一辆颤抖的单车去他那儿找他聊天。他那时不过二十岁光景，小我好几岁，我们却总是聊得很好。唯一的例外，是他有可能在任何时候都搬出金庸小说中的内容出来，作谈话的例证或者由此引申。他讲到的许多人物事迹我都不知道，奇怪的是，我常常能够及时且准确地接收到他要传达的要义。他劝我，也劝许多人读金庸，说金庸的文字是“大文字”，是将来文学史上绕不开的存在。其时，金庸小说还跟“通俗文学”甚至“地摊文学”不尴不尬地混坐一席，所以大家都嘲笑他妄言。他还写了不少关于金庸小说的随笔给我看。这些内容，正是后来“解读《天龙八部》系列”一书的最初手稿，里面有很多独到的见地，但我仍担心他这样“不务正业”会虚耗时光，曾劝他多搞点儿“纯文学”云云。二十年后的今天，想想他那个时候对金庸小说就有那样的认识，真是超乎了许多人的识见。

“金迷”们把读书人分两种，一种读金庸，一种不读金庸。在志明的“劝说”下，我跨界一步，试着读了一两本金庸，始明白他仗义疏财、进退有度的雍容气质，原是金庸小说所度。

一座只能遥望孔子背影的小城，当然不足以归拢梦想的云飞风起，志明很快就投入更大的江湖，发弦而歌。在北京街头向我提出那个隆重的问题时，他已经在金庸研究的路上走出很远。那时，被金庸后来赞许有加的《金庸笔下的文史典故》刚刚出版，他身上正飘散着栀子花般的书香。我知道我在尘俗的烟火中浸染已久，在期待他的答案之前，先老实地说出我当时觉得人活着最重要的事情：“跟亲人在一起。”

那时，我的大女儿刚读初一，小女儿刚刚出生，在遥远的北风中，我想她们。志明点点头，说，这是人之常情。然后，他特别庄重地说出了他的答案："梦想。"那一瞬间，我陡然明白他这么多年为什么能够挺过那么多的苦辛和那么多的寂寞了。

三

志明平日展示给大家的是在媒体或出版机构里忙碌的身影。从在地方媒体做兼职记者算起，到近些年的《人民日报》大牌编辑，他已经做了十年记者、八年编辑。在《人民日报》的这十年间，因工作之便，他接触了数十位当世一流的文化学术及科学大家：

季羡林、任继愈、饶宗颐、汤一介、严家炎、刘再复、周有光、许渊冲、刘梦溪、杨天石、叶嘉莹、许嘉璐、李泽厚、余光中、白先勇、李欧梵、袁行霈、黄永玉、杨振宁、丁肇中……

这个名单还可以列得很长。善于学习的他，通过与这些前辈名家的接触，向他们虚心求教，然后像一位入世的剑士那样，一番红尘历练后，见闻更广博，人情更通达，胸襟更阔大，这对他进一步做好学问、做好“金学研究”多有夯垫，裨益良多。

十年来，他也很少在公开场合提及自己金庸研究的专家身份。但在繁忙的编辑、采访、出版工作的同时，他对金庸作品一直念念在心。多少个长夜，他在电话里、微信里，热烈地跟我聊在金庸研究方面的新发现、新见解，有时一聊就是大半夜。很多时候，隔着手机就能感受到他的兴奋和激动。每次放下手机，我都会想：要汲取一个人多少的心力，梦想才可以如此长久地生机勃发？！

等到他告诉我要整理十年来的研究笔记，计划出版至少九本“金庸研究”的著作时，我意识到他静默后的喷薄期要来了。很快，我读到了他的这个系列的新作。

四

但他在“金学”研究界的轻重，外行的我并不清楚。今年十月三十日，金庸先生去世。十一月十二日，金庸私人追悼会在香港低调举行。通过媒体，我知道他和马云、张纪中、黄晓明等寥寥几人成为内地仅有的出席贵宾，能够有机会进入灵堂，向金庸先生作最后告别。据报道，他也是唯一一位参加追悼会的“金学”专家——他的被重视程度确实出乎我的意料。

看全一座山，必得有一座山的高度；了解一片草原，最好用脚步踏勘这片草原。金庸著作包罗万象，靠一枝一叶的功夫解读不了，志明的读书之多和在搜求资料方面下的功夫，都是以大把的心血来计的。他从金庸作品出发，遍稽群籍，学得“降龙十八掌”诸武功，又把金庸作品作为着力点，如此打造出来的文字必是内力绵延，自然有令人引颈的表现。金庸作品固然是一个前后衔接的大体系，但你会发现，志明的解读在知识和观点方面也深藏着一个不可分割的大系统，在和金庸小说声息相通的同时，已蔚然有了他独特的色彩。每个人读这几本书，可能都会有不同的发现、不同的收获。在我，读完后，不只眼前呈现出百般瑰丽的图景，耳边也传来他一路上梦想的驼铃叮当，那么近，那么悦耳。

2018年12月22日

根据佛经道经记载，对照《天龙八部》原书，我发现了一个可以说是『石破天惊』的秘密：《天龙八部》一书中，几乎每个人物都有一个佛教与道教神话中的人物作为原型，他们很明晰地构成一个庞大的佛教与道教神仙谱系。这一点时至今日，仍然没有任何人指出过。

作者自序

一

本系列图书即将出版，出版方叮嘱我说几句话。

说实话，我研究金庸小说这么多年，出版了大大小小十几本关于金庸的著作，还没有哪一本像这本这样“举步维艰”。大约从 2000 年之前，我就开始动手写这本书，其间，完成了两稿，但不满意，又都推翻重来。半途而废的残稿更不计其数。这本书之前，自己公开发表的关于《天龙八部》的专文，连一篇也没有。倒是在网上，和很多同好聊过很多，大家都知道我对《天龙八部》有心得，刘国重等诸兄一直鼓励我写出来。我也一直在写，但断断续续，从最早动笔算起，竟然是拖了约 20 年。

传记作家谢国有兄是“有幸”读过 2000 年以前初稿的人。这个初稿，我一直留存，因为太过稚嫩，从不敢轻易献丑示人。但时至今日，回过头去看，很多观点，居然仍未改变。现今我的观点，最重要、最核心的部分，居然还是 20 年之前的。这说明了两点：一、我的观点在 20 年前就完成了，只不过迟了 20 年才出版；二、这 20 年内，我本人毫无长进。

事实也许是第二点，但我当然倾向于第一点。

这20年来，我一直有一个观点，认为金庸小说，除了大家耳熟能详的价值，诸如文字优美、情节曲折、人物形象分明、充满哲思、包含大量传统文化信息、大大提升了通俗小说的文学史地位等，还有它鲜为人知的一面，那就是，在某种程度上，金庸小说，解释和还原了中国神话。

为了证明20年前的工作没有白做，同时也为了纪念，我先抄录一段此前的初稿：

> 神话在民族传统文化中占有非常重要的位置。马克思指出："任何神话都是通过人民的幻想用一种不自觉的艺术方式所加工过的自然和社会形态本身。"鲁迅先生认为，神话不但是"美术之由起"，同时也是"宗教之萌芽""文章之渊源"。拉法格指出，神话是人类思想

朴素的和自发的形式之一。同时他说："只有当我们猜中了那些神话对于原始人和他们在许多世纪以来丧失掉了的那种意义的时候，我们才能理解人类的童年。"神话是人类历史与文化的源头，是滋润民族之根的深厚的土壤，如果我们要了解一个国家、一个民族的历史与文化，就必须先了解这个国家、这个民族的固有的神话。

和世界上其他民族不同，我国的神话不但记载星散，没有专书，而且东鳞西爪，不成体系。近世虽有鲁迅、茅盾、郭沫若、闻一多等诸多先贤相继在此神秘领域内殚精竭虑，但对于后人来说，神话的概念却依然恍惚迷离，提起它时每有一种无从说起的难以捉摸感。在哲学、宗教、文学、戏剧、绘画、雕塑等诸学科和领域，中国神话也远不如希腊神话那样对后世文化影响巨大和深远。毫无疑问，倘若我们想对中国神话做出系统的解释，第一步要做的，首先应该是对其进行全景式还原。曾经有读者武断地认为，这项工作向无人做，孰不知恰恰相反，中国历代的写作者们，其实大都未放弃过这种激动人心的伟大构想。

千百年来，中国无数的文化先驱在中国神话这块神秘的土地上，低回沉吟，徜徉徘徊，书写了无数光彩夺目的精彩篇章，只是或是由于时代之局限，或是由于资料之乏缺，或是由于理论之有误，或是由于认识之不足，使得他们诸般的尝试，都不是太成功。这些并不成功的文字传到后世，大约又难逃两种命运：或是被一再误读与曲解，或是被反复削删与延伸。所以中国神话的本来面目，在历代经史子集之中，就注定了要一再的变形。

打开浩浩一部中国文学史，我们发现，在先秦，它们是《九歌》，是《离骚》《天问》；在魏晋，它们是志怪；在隋唐，它们是传奇；在宋元，它们是评话；在明清，它们是神魔演义；到了近代，则又变成了仙侠小说；在施耐庵笔下，它们是三十六员天罡，七十二位地煞；在曹雪芹眼中，它们却是灵河岸边的一株仙草，和女娲补天的一块遗石；在郭沫若，它们是诗歌，是《湘累》《女神之再生》《凤凰涅槃》；在鲁迅，它们却是《故事新编》。本来面目即不可辨，后来色彩亦复混淆，所以在不太明白它们存在价值的情形之下，很多时候不仅仅是读者，甚至连作者本人也往往只将其看成汉语写作中的一个固有的传统。这种错误的观念，一直保留到金庸小说问世之前，没有改变。

这段话很稚嫩地解释了神话的基本概念，采用了中国神话记载星散、影响不大的常规说法（这个说法近年来屡屡遭受质疑），并大胆地提出一个假设：中国历代的写作者们，都在有意无意地试图还原和解释中国神话。以此为基础，想要证明金庸小说其实就是中国文学史上这桩重大工程的继续，是对中国神话成功进行的解释和还原，它完成了一项前无古人的工作。

当时面临几个问题。一、这个想法过于大胆；二、没有看到学界有任何相关的理论佐证；三、我当时是二十几岁，还在读书，那时的理论素养，远远不足以完成这个论证。

和这个工作一起进行的，还有我对金庸小说的笺注。

“神话还原与解释”这个板块，暂时被搁置。几年后的 2005 年，我先埋头完成了对金庸小说的笺注工作。两年后，该书以《金庸笔下的文史典故》为名，在东方出版社出版。次年即 2008 年，又出版《金庸笔下的文史典故续编》及另外几种。两套书的出版，都得到了严家炎先生的有益指导。

也就是在这个时候，我认识了远在美国的刘再复先生。

二

刘再复在给一本书写的序言中提到：这本书包含一种远古神话的神秘信息，字里行间，有对远古神话进行还原和解读的可能。我读了这篇文章，当时差点跳起来。这不就是我假设的中国文学对中国神话的解释和还原吗？序言中这句“从远古神话传说的诠释、考察……”像闪电一样击中了我。我激动地想：“金庸的小说，也是对中国神话传说的诠释和考察啊！”

后来发现，刘再复先生在其他几本书的序言中也非常明晰地说到“解释和还原神话”。我的假设居然和刘先生的观点暗合，这让当时的我激动到难以言表。随后，我千方百计与刘再复先生取得了联系，第一次给他打长途电话，就滔滔不绝地讲述自己的观点，一讲就是两个小时。刘先生听了我的话，非常兴奋，说：“凭直觉，这是一个重要的发现。金庸小说对中文读者来说影响太大了，如果金庸小说真是这样，那它的地位就完全不同于现在所处的位置。你一定要抽出时间，尽快把你的这个观点写出来。”有了他的鼓励，我的信心大大增长了。

2007年，《博览群书》杂志刊登了一篇学者李欧的文章《武侠小说关键词》，其中提到一个关键词“神话”。在这个简短的词条里，李欧说：

> 经儒家清理后，中国文化中的神话性大为减弱。保存神话想象较多的典籍《淮南子》《山海经》难入士大夫正宗经典之列。神话性逐渐在野，主要由民间话语形态的小说来承担，而绵延两千多年的武侠小说则是主要承担者。同时，我们只有从神话性的角度，才能理解把握武侠小说的意义和功能。

这段话非常明确地说出了具体到“武侠小说”这个文学类型与“中国神话”的直接关系。这是中文文献中较早提出这一关系的文章。就中国文学史而言，这段话非常重要，只可惜好像没有引起学界太多注意。

但刘再复和李欧的这几篇文章，却给了我极大的信心。我觉得我的假设方向应该是对的，至少没有大错。但能够支撑我观点的文献，仍然少得可怜。在这期间，我参考金庸先生的读书习惯，开始大量接触佛教与道教典籍，试图从经典里寻找金庸小说的灵感痕迹。同时从“金庸小说与中国神话”这个角度，尽可能多地寻找相关或相近文献。文献仍然没有多少，但意外的是，佛经和道经给了我很大的惊喜。

三

这就说到了金庸先生的杰作《天龙八部》。

“天龙八部”是佛教名词,《天龙八部》一书，深受佛教文化影响。在此之前，学界对《天龙八部》一书的解读，基本未脱离书前金庸本人撰写的一段前言性质的“释名”。但我多读经藏，知道靠金庸本人那段话来解释全书，其实远远不够。

根据佛经道经记载，对照《天龙八部》原书，我发现了一个可以说是“石破天惊”的秘密:《天龙八部》一书中，几乎每个人物都有一个佛教与道教神话中的人物作为原型，他们很明晰地构成一个庞大的佛教与道教神仙谱系。这一点时至今日，仍然没有任何人指出过。从这个角度讲，该书本身就是对中国神话的解读与还原。

“中国神话”这个概念，在学界有两种解释。狭义的是指上古神话，广义的是上古神话之外，还包括外来的佛教神话、本土的道教神话及后起的道教仙话、野史笔记中的志怪传奇、民间流传的故事传说等。经过千百年的演变与融合，佛教文化已深入中国文化的肌理，成为了中国文化的一部分。《天龙八部》主要是对佛教神话的解释和还原，还有一部分道教神话，并兼顾了野史与民间传说。

在李欧的那篇《武侠小说关键词》里，还提到法国社会人类学家列维－斯特劳斯所创造的一个神话学重要术语：神话素。

列维－斯特劳斯认为，“神话素”是神话结构的基本构成单位，它单独来看也许并无意义，或意义不大，但组合起来则构成神话意义。它具有普遍性、共时性，可以从神话情节中抽取并归纳，适用于任何神话，包含所有神话间的同类关系。

我在笺注金庸小说期间，其实已经在很大程度上注意到了这一点。在《金庸笔下的文史典故》中，以《天龙八部》一书为例，作了笺注的地名就有“无量山”“琅嬛福地”“青城”“蓬莱”“大理（风俗）”“点苍山”“太行山”“天台山（刘晨阮肇）”“函谷关”“灵鹫宫”等多个词条。没有笺注但已知、可注的，还有“神农帮”“昆仑”“祁连山（黑风洞）”“东海”“南海”“紫云洞”等。这些地名，都包含了丰富的神话信息；在金庸笔下，它们更有独特的喻指。

但当时对“神话素”这个概念没有充分认识，笺注起来有些“词不达意”，加上散见于书中，没有进行合并与归纳（这和该书的笺注方法有关，当时听从出版社意见，是按照小说情节，逐章逐回的进行笺注），以致有些读者不知所云，读后往往认为有“凑数”之嫌。

但我潜意识里知道它们非常重要，所以不厌其烦，絮絮注出。

现在看来，当时就是已经注意到了金庸笔下的“神话素”——金庸小说中，神话元素到处都是，随时可见。但因为没有进行归纳整理，以致没有表述清楚——这些俯拾即是的“神话素”，在某种程度上，固然体现了神话元素在武侠小说这个类型文学中的独特保留，也在一定程度上，证明了金庸本人对“还原与解释中国神话”所做出的精心设计与不懈努力。

此前我一直试图先考证“天龙八部”的原型，再说其他，但数易其稿，终于发现不一定先从原型考起。但到底怎样，也一直不太清晰。就这样拖拖拉拉，一直拖到金庸先生去世的消息传来。

四

刘先生很喜欢我那本《金庸笔下的文史典故》，当年他专门从美国打国际长途给住在香港的金庸先生，告诉他，这本书的立意，突破了以往学界常规的“雅俗之辨”，直接将其作为经典，对其进行“训诂式”笺注。这意味着“金学研究”又上了一个新台阶，很值得关注。金庸先生对刘先生的意见很重视，于是和我取得联系，让我寄三本样书到明河社。看到样书以后，他很喜欢，还专门在《明报》刊登了新书专讯：

> 金庸小说，几乎每段情节，每个地名，每个人名都有历史典故。读完此书，你便可以成为“金学”专家，甚至可以加入陶杰和刘天赐的电视节目，跟他们一起畅论金庸。

这段专讯，刊登在 2007 年 12 月 9 日的《明报》周末读书版，配了书影和作者、出版社等基本信息，题目就叫：《你也可以做金庸专家》。

刘先生告诉我，金庸本人对研究他的著作一般都不置可否，很少有这种主动推介的情形。我当然对查先生和刘先生都很感谢，再想到尊敬的严家炎先生，认为能同时得到他们三位的认可，是自己修来的福气。

2012至2016年这几年间，刘先生曾多次去金庸家里看望他。闲聊之余，总是谈到我目前正在做的这个“神话还原”课题。听刘先生讲，每次查先生都笑眯眯地说，等陈先生写好了，我会买一本来看。

我听了非常感动，也非常惭愧。总觉得是自己能力不足，无法完成这部作品。这本书一直没有定稿，我琐务缠身，就这么拖了下来。2017年11月，我和几位朋友去香港科技大学看望刘再复先生，其间，再次谈到这个话题。刘先生提醒我说：“其实除了论证之外，你还可以‘悟证’。科学讲‘实证’‘论证’，文学艺术却可以‘心证’‘悟证’。我所喜欢的禅宗就是‘悟证’，禅宗没有思辨和逻辑过程，直接讲结果，但往往可以出其不意，击中要害。”我听了若有所悟。

刘先生又叮嘱我：“查先生身体越来越差。前次去看他，他是连我大女儿剑梅都不认识了。你要快点写出来啊，他还说等着要看呢！”

2018年10月30日下午，我正在北京，忽然传来金庸先生于香港养和医院辞世的消息。一开始我认为一定是误传，因为此前误传过多次，每次都是虚惊一场。但出于对这件事的关注，我仍然第一时间打电话给远在香港的潘耀明先生。潘先生是《明报月刊》总编辑，他听了也觉得可能还是误传，但仍然致电查太太求证。得到查太太的明确答复，潘先生第一时间回复了我。

我不敢相信这是真的。在我想象中，我是要完成这套书之后，亲手捧送给查先生一套，等他老人家亲自看上一眼后，他才会没有遗憾地离开。在我这套书出版之前，他是不会这么快去世的。

我伤痛非常，在当天晚上，尽量克制情绪，语不成句地写下一段话，大意是：查先生辞世，意味着一个时代谢幕，从此，中国文化进入了“后金庸时代”。

说“中国文化”而不说“中国文学”，是因为查先生对这个时代影响太大，文学之外，还包括新闻出版、影视娱乐、学术教育、政治思想、历史研究等多个领域。这个说法，很快被媒体引用，这说明，这个说法是被大家认可的。

11月6日，我专程赶往香港，计划用一周时间，重走金庸先生当年工作、生活过的地方，以及一些重要地标，如明报工业中心、明河社、金庸馆等。同时参加在12、13两日低调举行的追悼仪式和告别仪式。我要以我自己独有的方式，送查先生最后一程。

得知此事后，远在美国的刘再复先生很感动，并发来消息，劝我不要太执着："纪念金庸最好的方式，是保卫金庸的灵魂。"

11日晚间，我入住位于北角的海逸酒店，该酒店与香港殡仪馆仅一墙之隔，从酒店大门口步行至殡仪馆门口，绕一个弧圆，也才三百米不到，用时不超三分钟。查先生当晚停灵殡仪馆。我想，住在这家酒店，与查先生当时的直线距离，应该不会超过两百米吧？这么一想，就再也睡不着了，于是干脆坐起来，靠在床上，静以待旦。

清晨时刻，昏昏睡去。一霎醒来，忽然想到那天刘再复先生所说的“悟证”一语，一时思路跳跃，就像查先生笔下的大侠悟道一样，豁然想通了这几本书的写作切入点，顺手拿起纸和笔，草草记下思路和要点，一会儿就记了数十页。事后想来，那真是一个福至心灵的时刻。我当时不禁想，难道是一墙之隔的查先生给了我灵感吗？于是忍不住发了一条朋友圈：

> 苦思冥想的一个问题，凡二十年不得其解，今晨忽然融会贯通……按理应该欢呼雀跃一番，但仍平静如常，与昔无异，但觉此事合当如此。

又说：“天下很多事，事后回头去看，其实都不过‘合当如此’四字……”

小友欧阳很好奇，问我：“能不能分享一下？”事后我告诉他，就是当时忽然厘清了这几本书的写作结构。那是一个神秘时刻的神秘体验，我也不知该如何表述才能说得更清楚。但欧阳善解人意地说，我听懂了。

这个“顿悟”出来的写作结构，让我又一次推翻了前稿，但全书的基本概念已在心中反复琢磨了二十年之久，早已熟极而流。此次进一步整理，即是眼下呈现出来的这个样子。到底是成是败，有待读者进一步评判，但至少我已有了接受批评的勇气。

近世人们著书，常常有献给某人的习惯。我也愿意这样“从俗”。笔者研读金庸小说，受两人影响最大：

一位是严家炎先生。在我二十几岁时，严先生就很欣赏我、认可我，多次推荐我参加一些学术界的金庸作品研讨会，后来出版的《金庸笔下的文史典故》，也曾得到严先生的有益指教。可以说，是严先生把我引领上了做学问的正确道路；

另一位是刘再复先生。他对《红楼梦》的研究，对我启发很大。他手把手地开导我研究金庸的方法，他的“悟证”“心证”，在很大程度上化解了此前困扰我的很多难题。

所以，在这里，我要把这套薄薄的几本小书献给他们，献给这两位慈祥的长辈，两位当世一流的大学者和理论家。

2018 年 11 月 28 日于北京

《红楼梦》是通过『色世界』而悟，发现一切皆空；
《天龙八部》是通过『众生界』而悟，也是一切皆空。

照见五蕴皆空

——段誉·乔峰·虚竹：原型与隐喻

一

正式进入本书之前，先讨论几个周边问题。

在金迷们的微信群里，常见的讨论基本都没有答案。比如我们要说的这个“《天龙八部》里有几位主人公？”即是言人人殊。也正是因为没有答案，大家过一段时间就会忍不住又拿来讨论一番，保持一个话题的新鲜度和持久度。但一般都认为不止一位。

有一次大伙儿又在讨论，有说三位的，也有说两位的，我看得有趣，忍不住分享了一下我的意见。

我认为，《天龙八部》的主人公，如果按照不止一位的思路，应该有八位。这个八位，不是要和“天龙八部”的“八”对应，但符合“八部”之数，增加了趣味性。我的名单是：段誉、乔峰、虚竹、慕容复、游坦之、阿朱、阿紫、王语嫣。

五位男性，三位女性。其中男女关系，段誉对应的是王语嫣，乔峰对应的是阿朱，游坦之对应的是阿紫。一般情形之下，读者不会把游坦之列为主角之一，但其实就全书结构来看，游坦之占的篇幅很大。

这个名单出来，有不少人赞成，认为有些新意。当然也有人不认可。

我接着列出第二份名单：段誉、乔峰、虚竹、慕容复、游坦之、阿朱（阿紫）、阿碧、王语嫣。

这个名单和前一个大同小异，唯一的区别是，将阿朱、阿紫姊妹合并，增加阿碧以照应慕容复。为什么阿朱、阿紫可以合并？就乔峰而言，我认为，阿紫可以是乔峰想象出来的。他打死阿朱，心里后悔，就想象一个阿紫出来，千方百计接受阿紫折磨。心态可以是："假如你（阿朱）还活着，你怎么欺负我都可以（就像阿紫现在这样）。"

阿碧出场虽然不多，但她自始至终一直守护着慕容复，其情可感；并且金庸先生本人也不止一次说过，他最喜欢阿碧。同时在书中她和阿朱是并列的。所以从感情角度讲，可以增加阿碧。

主角是八个人，这在古今中外的文学作品里都很少见。但稍微收一收，大伙儿通常都认为，《天龙八部》里有三大男主角：段誉、乔峰、虚竹。

这个一般没有反对意见。

二

也有人认为，三大男主，从哲学角度，分别代表佛家所讲的“贪嗔痴”三毒。其中段誉代表“痴”，乔峰代表“嗔”，虚竹代表“贪”。前两个一般没有异议，但虚竹代表“贪”，好像说不通。因为在全书中，虚竹没有表现出“贪婪”“贪财”的一面。

我的解释是：佛家讲的“贪”，只是一个概念，不一定等同于“贪婪”或“贪财”。比如在全书中，作为三大男主之一，虚竹出场最晚，但所学武功最多，相比而言，受益也最大。这样的情节设计，是不是就是金庸所指向的“贪”？或者他最后做了灵鹫宫宫主，灵鹫宫上下除了他之外全是女性，一个男人“拥有”这么一个庞大的“后宫”（佛家式的夸张），这是不是佛家所认为的“贪”？

或者“具体”一点，在冰窖之中，与银川公主“轻怜密爱、竟无厌足”：

“这三天的恩爱缠绵，令虚竹觉得这黑暗的寒冰地

窖便是极乐世界，又何必皈依我佛，别求解脱？”（第三十六回）

这个“竟无厌足”、不想解脱，是不是可以解释成虚竹的“贪”？

后来银川公主为了寻找他，甚至举榜天下，召集列国才俊，“酒罢问君三语”，以招亲的形式，为他量身定做了一款“西夏驸马”，这是不是虚竹的“贪”？

也就是说，他的福报偏多。

这个说法，很多人也能接受了。

除了“三毒”之外，从名字的角度，也有一些解读。刘国重兄认为：“乔峰之乔，是高大树木之意，‘乔峰’二字，象征着乔峰的伟岸。”有网友引申了一下，认为“乔”字还有“乔装改扮”之意，象征着乔峰的双重身份。

我也加以引申，认为：“段誉谐音‘断欲’，佛家讲斩断欲望，是‘空’；‘虚竹’，‘虚’是空，‘竹’其心亦空，‘虚竹’是‘空之又空’；乔峰之‘乔’，有‘乔装改扮’之意，乔装改扮，就是说这个人是假的。所谓‘假’，仍然是‘空’。三大男主，其实是同一个意思，都是佛家所讲的‘空’。”

这个说法比较少见，有网友认为解得新奇。

虚竹的情形，书中说得其实比较明白：

那人（无崖子）点了点头，道：“你姓什么？”虚竹一怔，道：“出家之人，早无俗家姓氏。”那人道：“你出家之前姓什么？”虚竹道：“小僧自幼出家，向来便无姓

氏。”（第三十一回）

“出家之人，早无俗家姓氏”，是“空”；“小僧自幼出家，向来便无姓氏”，是“空之又空”。

我说：“再引申一下，不仅三大男主是‘空’，慕容复复国，是‘空’；阿朱痴情，是‘空’；游坦之爱恋阿紫，是‘空’，新修版中，王语嫣最后渴望长生不老，还是‘空’。其他人如慕容博与萧远山，‘王霸雄图，血海深仇，尽归尘土’，仍然是‘空’；逍遥三老之争，情爱纠缠数十年，结果仍然是‘同一笑，到头万事俱空’。全书每一个人都可以是‘空’，所以查先生最后安排了无名老僧出来，现场说法，好比是写文章要有个‘中心思想’，直接点题了。佛家认为万物从因缘生，没有固定，虚幻不实。《天龙八部》，可以是对佛家‘空’之哲学的一个故事化演绎。”

《红楼梦》是通过“色世界”而悟，发现一切皆空；《天龙八部》是通过“众生界”而悟，也是一切皆空。

说这些是想表达，《天龙八部》一书，与普通的文学作品并不相同。它的主角固然不止一位，它的佛学结构，也使读者对本书的解读具有了极大的多元性。

三

正式进入讨论，我们发现，《天龙八部》一书中，几乎每一位人物都有原型。这是一个很意外的情形。大家有理由认为，作者这样写，应该有他一定的寓意。

根据出场顺序，我们先来看段誉。

段誉的形象塑造，在文学上，是模仿了《红楼梦》中的贾宝玉。和贾宝玉一样，段誉心地善良，待人真诚，崇拜女性，天然有一段痴情。金庸本人也说过："段誉天生富贵，人品很好，个性有些像贾宝玉。"（林翠芬：《金庸谈天龙八部》）

在神话结构上，段誉则是对应了释迦牟尼。

这个不是偶然，根据最新的研究成果，刘再复、白先勇、蒋勋，都认为贾宝玉即是对应释迦牟尼。

刘再复说："我猜想释迦牟尼出家之前的状况大约如贾宝玉（生活在荣华富贵之中但心灵已超越荣华富贵），而贾宝玉出家之后应是追寻释迦牟尼，也许就是另一位释迦牟尼。王国维在《人间词话》中高度评价李煜的词，说他有'基督、释迦担荷人间罪恶'的情怀，这一句话用于贾宝玉也很恰当。贾宝玉的心，近乎释迦牟尼之心。说到底是一颗大慈大悲之

心。”（《贾宝玉论》上篇）

白先勇说：“也有学者认为，其实这是一部贾宝玉的传，这部《石头记》，写的也就类似释迦牟尼佛，悉达多太子成道的故事……曹雪芹写贾宝玉是释迦牟尼的一种大悲，也不是一个普通的人，其实他不像个世间的人，他最后其实是成佛了。”（《白先勇细说红楼梦》绪论）

蒋勋说：“宝玉关心每一个人，关心每一种生命的不同处境，他对任何生命形式，都没有‘不喜欢’，都没有恨。包括地位卑微的丫头、仆人，在他的心目中，都应该是被尊重的对象，都有可以被欣赏的美。他在繁华的人间，看到芸芸众生，似乎每一个人、每一个生命，都像自然中的一朵花，他没有比较，只有欣赏，只有欢喜与赞叹。宝玉，其实是《红楼梦》中的菩萨。”（《梦红楼》结语）

蒋勋说的“菩萨”，仍然是指向“佛祖”——释迦牟尼。

金庸写段誉，既然是模仿贾宝玉，实质上就是指向释迦牟尼。

释迦牟尼是释迦族的王子，他离开皇宫到民间行走，看到人的生老病死，最后悟道。段誉是大理国镇南王世子，他离开皇宫，走向人间，经过一番历练后，回归皇宫，当了皇帝——他的这个当了皇帝，仍然是要爱护百姓，奉献自己；在逻辑意义上，其实等同于释迦牟尼的悟道，仍是“修成正果”之意。

所以我们看，两人的经历是不是很像？

段誉的性格，有他“不俗”的一面，对应的是“仙骨”；有他“多情”的一面，对应的是“佛心”。所谓“不俗即仙骨，多情乃佛心”也。他出身皇族，但从不知道崇尚权力，也不知道皇位的重要；他不接受权力约束，因此宁愿偷偷逃出皇宫（这一点和慕容复形成鲜明对比）。

和贾宝玉一样，段誉保持着一颗原有的本真之心，保持着一双天真的“佛眼”。他只崇拜美好的事物。初出场时，遇到“梁上美少女”钟灵，左子穆让钟灵“快跳下来”，他却说：“这么高，跳下来可不摔坏了么？你快叫人去拿架梯子来！”他不知钟灵既然能上去，当然可以跳下来，在他心里，美不可破坏，他只担心不要摔伤了这位美丽的少女。当日被鸠摩智擒住后北上，来到苏州城外，见到风景秀丽，情知自己命悬一线，仍然忍不住“吟诗唱词”：

> 这时正是三月天气，杏花夹径，绿柳垂湖，暖洋洋的春风吹在身上，当真醺醺欲醉。段誉不由得心怀大畅，脱口吟道：“波渺渺，柳依依，孤村芳草远，斜日杏花

飞。”（第十一回）

鸠摩智为展示武功，以“火焰刀”砍断阿碧家的一枝桂花树：

段誉摇头道：“……人家好端端一株桂花树，你干么弄毁了它？”（第十一回）

碾坊一战，为求善后，不得已放火烧了碾坊：

段誉道：“好好一座碾坊因我而焚，我心中好生过意不去。”（第十七回）

他的心没有被世俗的概念所遮蔽，他没有世俗世界的等级观念、门第观念、身份观念。钟灵说起左子穆中毒，不日即死：

那少女低声道："闪电貂这一生之中不知已吃了几千条毒蛇，牙齿毒得很，那长胡子老头给它咬了一口，当时就该立刻把右臂斩断，只消再拖延得几个时辰，那便活不到第八天上了。"段誉道："你说只须采些通天草来，浓浓煎上一大碗，服了就可解毒？"那少女笑道："我骗骗他们的。否则的话，他们怎肯放我们出来？"段誉惊道："你等我一会儿，我进去跟他说。"（第一回）

见到神农帮准备攻打无量剑：

段誉道："不成！我要去见他们帮主，晓谕一番，不许他们这样胡乱杀人。"（第一回）

崔百泉是自家的账房先生，过彦之只是崔百泉的师侄，这两个人要救他，他不但不趁机逃走，反倒劝两人先逃：

崔百泉心想自己在镇南王府中躲了这十几年，今日小王爷有难，岂能袖手不理？……伸手入怀，掏出一个金光灿烂的算盘，高举摇晃，铮铮铮的乱响，说道：“大和尚，慕容先生是你的好朋友，这位小王爷却是我的好朋友，我劝你还是放开了他吧。”过彦之一抖手间，也已取下缠在腰间的软鞭。两人同时向鸠摩智马前抢去。段誉大叫：“两位快走，你们打他不过的。”（第十一回）

他尊重生命，在他眼里，生命没有等级。账房先生也好，普通江湖汉子也罢，都和自己这镇南王世子同样珍贵；在阿碧家，鸠摩智要杀他，他死到临头，仍然记挂阿朱、阿碧，也是让阿朱、阿碧两人逃走：

段誉自知自己的生死已全操于鸠摩智之手，叫道：“阿朱、阿碧两位姊姊，你们快快逃走，再迟便来不及了。”阿朱道：“段公子，你为什么要救我们？”段誉道：

“你们是我朋友啊！这和尚自恃武功高强，横行霸道地欺侮人。只可惜我不会武功，敌他不过，你们快快走吧。”

鸠摩智笑道：“来不及啦。”跨上一步，左手手指伸出，点向段誉穴道。段誉叫声：“啊哟！”待要闪避，却哪里能够？身上三处要穴又被他接连点中，立时双腿酸麻，摔倒在地，大叫：“阿朱、阿碧，快走，快走！”（第十一回）

在他眼里，阿朱、阿碧是两个鲜活的生命，不是低三下四的“丫鬟”“仆女”；自己死到临头、性命难保，仍想着要去呵护和照顾她们。他崇拜女性，面对“美”他会顶礼膜拜。全书一开始，他就跪拜过神仙姐姐的玉像；第十一回，他遇到妹妹阿朱时，又跪拜过阿朱。第十二回，遇见王语嫣，也跪拜了王语嫣。

在女性面前，段誉将自己界定为“凡夫俗子”，与贾宝玉将自己界定为“须眉浊物”正好相通。贾宝玉宣称：“女儿是水做的骨肉，男人是泥做的骨肉。我见了女儿，便觉清爽；见了男子，便觉浊臭逼人。”段誉也是这样，他认为美好的女性是“神仙”（神仙姐姐），不可亵渎，只能对之跪拜。段誉遇事遇人都不轻易服输，往往“阐精发微”，发生一番辩论。但他从不与女儿争执，他只对女儿跪拜，只对“美”低头。

段誉天然有一段“痴”。这个“痴”，在感情上表现为对王语嫣的“痴情”，在事物上表现为对诸般事物的痴迷。作者专门有一段话写他的这种“痴”：

（段誉）心想：“……爹爹妈妈常叫我‘痴儿’，说我从小对喜爱的事物痴痴迷迷，说我七岁那年，对着一株‘十八学士’茶花从朝瞧到晚，半夜里也偷偷起床对着它发呆，吃饭时想着它，读书时想着它，直瞧到它谢了，接连哭了几天。后来我学下棋，又是废寝忘食，日日夜夜，心中想着的便是一副棋枰，别的什么也不理。这一次爹爹叫我开始练武，恰好我正在研读《易经》，连吃饭时筷子伸出去夹菜，也想着这一筷的方位是‘大有’呢还是‘同人’。我不肯学武，到底是为了不肯抛下《易经》不理呢，还是当真认定不该学打人杀人的法子？爹爹说我‘强词夺理’，只怕我当真有点强词夺理，也未可知。妈最明白我的脾气，劝我爹爹说：‘这痴儿哪一天爱上了武功，你就是逼他少练一会儿，他也不会听。他此刻既不肯学，硬揿着牛头喝水，终究不成。’……”（第二回）

段誉的这个“痴”，其实就是强烈的专注力和敏锐的感受力，与释迦牟尼修行之际的沉思力、专注力约略相等。

段誉在西夏国时，曾经吸取了鸠摩智的内力，使鸠摩智从此大彻大悟，得到解脱：

> 鸠摩智半晌不语，又暗一运气，确知数十年的艰辛修为已废于一旦。他原是个大智大慧之人，得高明上师传授，佛学修为亦十分睿深，只因练了武功，好胜之心日盛，向佛之心日淡，至有今日之祸。他坐在污泥之中，猛地省起：“如来教道佛子，第一是要去贪、去爱、去取、去缠，方有解脱之望。我却无一能去，名缰利锁，将我紧紧系住。今日武功尽失，焉知不是释尊点化，叫我改邪归正，得以清净解脱？”（第四十六回）

这个“如来教道”“释尊点化”，是金庸先生在直接点题——段誉的吸取鸠摩智内力，略等于如来、释尊对鸠摩智的点化，是为了让他“改邪归正”，得以清净解脱。

段誉，就是另一个贾宝玉，另一个释迦牟尼。

四

再来看乔峰。

乔峰号称“北乔峰”，一出场就是丐帮帮主、天下第一高手，英姿勃发。但随着情节进展，走出杏子林后，他成了一个契丹胡虏。根据象征手法，我们可以发现一个有趣的问题：如果把丐帮或大宋比作乔峰的“家”，他成为契丹人后远赴北疆，就可以比作一个人的“离家出走”；之后重新认识自己，为拯救天下苍生自杀身亡，也可以是释迦牟尼修行到一定境界，然后舍身度人——乔峰的人生经历，其实也可以是释迦牟尼。

佛教有一部特殊的经典，叫《佛说兴起行经》。故事的主人公释迦牟尼是一个反面人物，与其他佛传故事大相径庭。内容有《孙陀利宿缘经》《头痛宿缘经》《木枪刺脚因缘经》《苦行宿缘经》等十经组成。对这十件重大的“宿缘”，史称“佛陀十难”。

在拯救众生的过程中，佛祖也受到了外道迫害及各种灾难。根据该经记载，佛祖历经孙陀利谤佛、战遮女系盆诬陷、奢弥跋谤佛，以及被木枪刺脚、被掷石出血、食马麦、受苦行、患头痛、患背痛、患骨节疼痛等十次灾难。

参照《天龙八部》，乔峰被丐帮驱逐，在聚贤庄被群雄围攻，被冤枉杀师，被冤枉杀父母，被冤枉杀谭婆、赵钱孙等，爱人阿朱身死，被困风雪中，被游坦之掷石灰，在辽时被诽谤叛国，被困狮笼等，都是在比喻释迦牟尼的“十难”。

乔峰故事，其实就是一个“佛陀十难”的故事。

说到“佛陀十难”，补充一下段誉。

和乔峰相同，段誉竟然也有他的“十难”：服食断肠散、困于深谷（琅嬛福地）、受木婉清虐待、被无量剑拘押、莽牯朱蛤入腹、被南海鳄神所逼、为木婉清及钟灵之兄妹情所困、被北冥神功所苦、被鸠摩智所掳、为王语嫣所痴迷等。

这些，都可以比作佛祖成佛道路上所经受的困扰和灾难。

释迦牟尼出家之前，本名乔达摩·悉达多。乔峰之“乔”，除了高大、隐蔽之意，还可以是“乔达摩”之略。这个“乔”即是“乔达摩”之“乔”。“乔峰”可以就是释迦牟尼的名字。

“乔”还有“乔迁”之意，我们常说“乔迁之喜”。“乔”在这里可以比喻佛祖系“外来”。峰即山峰，最高。就中国佛教而言，释迦牟尼正是从外面而来的最神圣高大之人。

乔达摩·悉达多出生时，说“天上地下，唯我独尊”。乔峰一生，武功、格局、境界都远远高出侪辈，不但能“赤手屠熊搏虎”，还能“金戈荡寇鏖兵”。天生神武，无人能敌，这就是“天上地下，唯我独尊”之意。

释迦牟尼曾在“苦行林”中修习苦行。当时的情形是衣衫褴褛，饥饿穷苦。乔峰作为“丐帮”帮主，带领一群以乞讨为生的兄弟，也可以象征佛祖在“苦行林”中修行时的饥饿穷苦。

净饭王曾派憍陈如、摩诃男拘利等五人追寻佛祖。五人本是侍奉太子的近臣，其中摩诃男拘利受到提婆达多收买，试图对佛祖不利；憍陈如等本是保卫佛祖的一方，但因对佛祖产生误解，最终也选择离开。“丐帮内讧”故事中，全冠清等是帮主的反对者，传功长老吕章、执法长老白世镜等是帮主的捍卫者。但不管是反对还是捍卫，丐帮最终都是容不下乔峰。“丐帮内讧”故事，很明显就是憍陈如、摩诃男拘利等双方内讧、最终全部背弃佛祖的故事翻版。

乔峰的拿手功夫，是“降龙十八掌”。

为什么是“降龙”？为什么是“十八掌”？

在佛教神话中，有一个著名的故事，说释迦牟尼夜宿石室，施大法力，降服了室中择人而噬的恶龙。这个故事，佛教就称之为“释迦降龙”。按照乔峰对应释迦牟尼的这个“神话结构”，“降龙十八掌”的“降龙”，可以解释成释迦牟尼降服恶龙的这个“降龙”。

为什么是“十八”掌？因为“十八”之数，正好符合佛祖身边有“十八”护法的说法。“降龙十八掌”，正可证乔峰之象征释迦牟尼。

与“降龙十八掌”相近，乔峰还有一手“擒龙功”：

乔峰道：“不错，我确是出你不意，攻你无备。咱们再试几招，我接你的单刀。”一句话甫毕，虚空一抓，一股气流激动地下的单刀，那刀竟然跳了起来，跃入了他手中。乔峰手指一拨，单刀倒转刀柄，便递向风波恶身前。风波恶登时便怔住了，颤声道：“这……这是‘擒龙功’吧？世上居然真的……真的有人会此神奇武功。”（第十四回）

“擒龙”“降龙”，都是佛祖降服恶龙之意，其义可以相等。

乔峰的个人形象，是一头“雄狮”：

阿朱瞧着他这副睥睨傲视的神态，心中又敬仰，又害怕，只觉眼前这人跟慕容公子全然不同，可是又有很多地方相同。两人都是天不怕、地不怕，都是又骄傲、又神气。但乔峰粗犷豪迈，像一头雄狮，慕容公子却温文潇洒，像一只凤凰。（第十九回）

巴天石转头向萧峰、虚竹躬身说道：“镇南王命小人拜上萧大侠、虚竹先生，请二位念在金兰之情，相助我们公子一臂之力。镇南王又说：少室山上匆匆之间，未得与两位多所亲近，甚为抱撼，特命小人奉上薄礼。”说着取出一只碧玉雕琢的狮子，双手奉给萧峰……（第四十四回）

这个“雄狮”“狮子”，其实仍是指向佛祖。佛家以狮子喻佛，称佛为“人中师子”（佛经上的“狮”字多写作“师”字）；佛发声为“狮子吼”，《过去现在因果经》卷一：“太子生时，一手指天，一手指地，作狮子吼，云：‘天上地下，唯我独尊。'”

关于“狮子吼”的寓意，另见《普曜经·论降神品》：“譬如狮子吼，诸小虫怖惧，畅佛狮子吼，降伏外异学。”佛菩萨演说决定之理，降伏一切外道异说——乔峰在聚贤庄一声大喝，震死了段延庆的弟子“追魂杖”谭青。这一声大喝，即可以是“狮子吼”——金刚怒目，所以降伏四魔。

同样是在聚贤庄，乔峰还有一声狂吼。这声狂吼，震到了天下群雄：

> 眼见单正黝黑的脸面扭曲变形，两眼睁得大大的，挺刀向自己胸口直刺过来，乔峰心中悲愤难抑，斗然仰天大叫，声音直似猛兽狂吼。（第十九回）

> 单正听到乔峰这震耳欲聋的怒吼，脑中斗然一阵晕

眩，脚下踉跄，站立不定。群雄也都不由自主地退了几步……（第二十回）

这一声大吼，也可以是“狮子吼”。

佛教常说“金刚怒目，菩萨低眉”，在某种程度上，段誉是“菩萨低眉”，他是佛祖慈悲的一面；而乔峰是佛祖的“忿怒身”，是释迦牟尼的另一面。

乔峰的一腔悲愤，在某种程度上，体现了他的“嗔”，体现了他暗黑和无明的一面（释迦的反面）。乔峰天然拥有善良与正直，书中说他：“待人仁义，处事公允”，“为人处事，光明磊落”。他一出手，就平息了丐帮的叛乱，本可以借机立威，但念及一众兄弟们的种种好处，反倒处处替他们考虑。为了赦免他们，宁愿利刃加于己身，以赎其罪；他的这种善良，却不被大众所理解，他没有杀人，但被认为是“杀人凶手”；他原谅带头叛乱的几位兄弟，是他善良的一次集中绽放，同时也是他善良的逐渐冷却，随后他的人生进入低谷，开始痛苦的思索。

一个关怀天下的心胸，一旦进入世俗世界，不但救不了他人，也许还会被世俗世界所否定，成为世俗世界绞杀的对象。乔峰的困境，在某种程度上，就是释迦牟尼的困境。

和段誉“修成正果”相同，乔峰经过一番痛苦的蜕变，最后为捍卫和平舍身而死，灵魂获得安宁，精神世界得到升华。他的为和平牺牲，正可比释迦牟尼为救护众生的舍身而亡——佛祖“舍身饲鹰”“割肉喂虎”，这些具体的故事，都是佛家的“譬喻”，只是打个比方，本意是象征“为众生牺牲自己”。

我们常说改变世界容易，改变自己困难。乔峰的这种成长与蜕变，过程之痛苦，读者们有目共睹。认识和改变自己，往往是最难的。

乔峰，也是释迦牟尼，是“金刚怒目”，是佛祖的“忿怒身”。

五

我们再看看虚竹。

在《天龙八部》中，虚竹是少林寺的小和尚。因为各种机缘，最后修得正果，成为逍遥派掌门、天山灵鹫宫宫主以及西夏国驸马。

和段誉、乔峰一样，虚竹故事的脉络，仍然是：在家—

出家—悟道。

少林寺，好比是虚竹的“家”。他从小就在少林出家，少林寺的方丈，正好也是他的父亲；他离开少林，走进江湖，正好比是佛陀的离家出走，走向世间历练；他最终做了灵鹫宫宫主，正好比佛陀的证道或悟道。灵鹫宫，在这里也是一个重要的隐喻。当年佛祖在灵鹫山说法，虚竹的“灵鹫宫”，对应的就是佛祖说法的“灵鹫山”。

虚竹出场，也是一个极有意味的隐喻：

> 这僧人（虚竹）二十三四岁年纪，浓眉大眼，一个大大的鼻子鼻孔朝天，容貌颇为丑陋，僧袍上打了许多补钉，却甚干净。他等那三人喝罢，走近清水缸，用瓦碗舀了一碗水，双手捧住，双目低垂，恭恭敬敬地说偈道：“佛观一钵水，八万四千虫，若不持此咒，如食众生

肉。”念咒道：“唵缚悉波罗摩尼莎诃。”念罢，端起碗来，就口喝水。

那黑衣人看得奇怪，问道：“小师父，你叽哩咕噜地念什么咒？”那僧人道：“小僧念的是饮水咒。佛说每一碗水中，有八万四千条小虫，出家人戒杀，因此要念了饮水咒，这才喝得。”黑衣人哈哈大笑，说道：“这水干净得很，一条虫子也没有，小师父真会说笑。”那僧人道：“施主有所不知。我辈凡夫看来，水中自然无虫，但我佛以天眼看水，却看到水中小虫成千上万。”黑衣人笑问：“你念了饮水咒之后，将八万四千条小虫喝入肚中，那些小虫便不死了？”那僧人踌躇道：“这……这个……师父倒没教过。多半小虫便不死了。”

那黄衣人插口道：“非也，非也！小虫还是要死的，只不过小师父念咒之后，八万四千条小虫通统往生西天

极乐世界，小师父喝一碗水，超度了八万四千名众生。功德无量，功德无量！”（第二十九回）

虚竹一开口，就度化“八万四千虫”，这隐喻着虚竹就像佛祖一样，是专为度众生而来。

随着情节推进，虚竹奇遇不断，先是当上了逍遥派掌门。当上逍遥派掌门的过程也非常独特。无崖子布下“珍珑棋局”，数十年间无人能破，但虚竹闭着眼睛随手放下一子，居然就将之破解了。他的这种机缘，与其说是误打误撞，不如说是福缘深厚：

玄难喃喃自语：“这局棋本来纠缠于得失胜败之中，以致无可破解，虚竹这一着不着意于生死，更不着意于胜败，反而勘破了生死，得到解脱……”（第三十一回）

随后他以逍遥派掌门身份，化解了天山童姥和李秋水生前的怨仇，大败本门叛徒丁春秋，结束了逍遥派纠缠数十年的内耗，拯救了整个逍遥派。

同时他当上了灵鹫宫宫主。他以灵鹫宫宫主的身份做了一件事情，即为三十六洞、七十二岛各路散仙解除生死符。这个解除生死符，即是佛家所谓的大悲心——“救人拔苦”——虚竹为救三十六洞、七十二岛各路散仙，不遗余力。

三十六洞洞主、七十二岛岛主，人人均受“生死符”所苦，求生不能、求死不得，一生无法解脱，而虚竹为之一一除去。

众人所受“生死符”之苦，可象征人间的众生之苦；虚竹拯救逍遥派，全力相救各路散仙，都可以是佛祖的“普度众生”之意。

在书中，作者时时写到虚竹的这种“度人苦厄”之心：

虚竹素来乐于助人，佛家修六度，首重布施，世人有难，自当尽力相助，便道：“前辈有命，自当竭力以赴。”（第三十一回）

虚竹听那老人语气，显是有一件重大难事，深以无人相助为忧，大乘佛法第一讲究“度众生一切苦厄”，当即说道：“小僧于棋艺一道，实在浅薄得紧，老前辈这个棋局，也不是小僧自己拆解的。但若老前辈有什么难事要办，小僧虽然本领低微，却也愿勉力而为……”（第三十一回）

当日段延庆为丁春秋构陷，迷幻之际意欲自杀，也是虚竹设法相救，这才脱险。

相对段誉、乔峰的“佛陀十难”，虚竹也有他的“十难”。

虚竹的“十难”表现为：被无崖子逼成逍遥派掌门；被阿紫欺骗，犯了荤戒；被天山童姥威逼利诱，连犯杀戒、色戒等；被动成为灵鹫宫主人；被缘根和尚无故辱骂、殴打；被逐出少林；生身父母刚刚相认即双双身亡等。

虽然他的福报很多，但苦难亦复不少。有人也许会问：“享受美食、美女，也算受难？”享受美食、美女，在一般人看来，也许不算受难，但在虚竹，因之无法进一步修行，而产生一种痛苦，所以正好也算“受难”。

另外，虚竹还有一个特别的“象征”——白象。

佛教认为，象有大威力，而性情柔顺，是祥瑞之兽。有一种说法：释迦牟尼降生之先，化身白象而入摩耶夫人之胎。

《瑞应本起经》说："菩萨初下，化乘白象，贯日之精，因母昼寝，而示梦焉，从右胁入。"《宗轮论》说："一切菩萨，入母胎时，作白象形。"

《天龙八部》第四十四回，写到虚竹之象征"白象"：

> 巴天石转头向萧峰、虚竹躬身说道："镇南王命小人拜上萧大侠、虚竹先生，请二位念在金兰结义之情，相助我们公子一臂之力。镇南王又说：少室山上匆匆之间，未得与两位多所亲近，甚为抱憾，特命小人奉上薄礼。"说着取出一只碧玉雕琢的狮子，双手奉给萧峰。朱丹臣从怀中取出一柄象牙扇子，扇面上有段正淳的书法，呈给虚竹。

碧玉狮子，是以"狮子"喻乔峰；象牙扇子，则是以"白象"喻虚竹。白象与狮子一样，在佛教神话里，都可以喻指佛祖。

与段誉、乔峰相同，虚竹愿度世间“一切苦厄”，大慈大悲，是另一位“如来身”。

六

佛经记载过一个故事，说是佛祖修行到一定程度，已远离恩爱，“非世俗欲望所能诱惑”，魔王的三个女儿不服气，于是找上门去，采用种种手段对佛陀进行引诱，这就是著名的“魔女诱佛”。《杂阿含经》第一〇九二记载此事云：

> 魔有三女，一名爱欲，二名爱念，三名爱乐，来至旬波所，而说偈言：“父今何愁戚？士夫何足忧？我以爱欲绳，缚彼如调象；牵来至父前，令随父自在。”魔答女

言：“彼已离恩爱，非欲所能招；已出于魔境，是故我忧愁。”时，魔三女身放光焰，炽如云中电，来诣佛所，稽首礼足，退住一面，白佛言：“我今归世尊足下，给侍使令。”尔时，世尊都不顾视。“知如来离诸爱欲，心善解脱。”如是说时，三魔女自相谓言：“士夫有种种随形爱欲，今当各各变化，作百种童女色、作百种初嫁色、作百种未产色、作百种已产色、作百种中年色、作百种宿年色，作此种种形类，诣沙门瞿昙所，作是言：‘今悉归尊足下，供给使令。’”作此议已，即作种种变化，如上所说，诣世尊所，稽首礼足，退住一面，白佛言：“世尊！我等今日归尊足下，供给使令。”尔时，世尊都不顾念。“如来法离诸爱欲。”如是再三说已……时，三天女志愿不满，还诣其父魔波旬所。时，魔波旬遥见女来，说偈弄之：“汝等三女子，自夸说堪能，咸放身光焰，如电云中流。至大精进所，各现其容姿，反为其所破，如风飘其绵。欲以爪破山，齿啮破铁丸，欲以发藕丝，旋转于大山，和合悉解脱，而望乱其心。若能缚风足，令月空中堕，以手抒大海，气歔动雪山，和合悉解脱，亦可令倾动。于深巨海中，而求安足地，如来于一切，和合悉解脱，正觉大海中，求倾动亦然。”时魔波旬弄三女已，即没不现。

她们的引诱，最后当然没有成功。

金庸写虚竹，也写到一个“魔女诱佛”的故事。只不过这个“魔女”，不是真的魔女，而是天山童姥临时找来的银川公主：

那少女嘤咛一声，转过身来，伸手勾住了他头颈。虚竹但觉那少女吹气如兰，口脂香阵阵袭来，不由得天旋地转，全身发抖，颤声道：“你……你……你……”那少女道：“我好冷，可是心里又好热。”虚竹难以自已，双手微一用力，将她抱在怀里。那少女“唔，唔”两声，凑过嘴来，两人吻在一起。

虚竹所习的少林派禅功已尽数为无崖子化去，定力全失，他是个未经人事的壮男，当此天地间第一大诱惑袭来之时，竟丝毫不加抗御，将那少女愈抱愈紧，片刻间神游物外，竟不知身在何处。那少女更是热情如火，将虚竹当作了爱侣。（第三十六回）

而“佛”也没有经受住“引诱”——这当然可以解释成是“情节需要”——虚竹与银川公主，对应的就是佛经“魔女诱佛”的故事。

沿着这个脉络和线索，我们再回到段誉和乔峰。

忽然发现，两人居然也都遭受了“魔女诱佛”的过程——这真是一个意外的惊喜。

在乔峰，“魔女诱佛”，可以表现为遭受马夫人的畸恋和陷害：

萧峰道：“你好狠毒！自己的丈夫要杀，跟你有过私情的男人，你要杀；没来瞧瞧你容貌的男人，你也要杀。”马夫人道：“美色当前，为什么不瞧？难道我还不够美貌？……”（第二十四回）

在段誉，“魔女诱佛”，可以表现为自己与妹妹木婉清被段延庆囚禁，情欲勃发困于一室：

段誉吃痛，只叫了一声“啊”，突然丹田中一股热气急速上升，霎时间血脉贲张，情欲如潮，不可遏止，但觉搂在怀里的姑娘娇喘细细，幽香阵阵，心情大乱，便往她唇上吻去。

这一吻之下，木婉清登时全身酸软。段誉抱起她身子，往床上放落，伸手解开了她的一个衣扣……（第七回）

这是就“引诱现场”而言。在“隐喻”层面，乔峰被阿紫苦缠不休，无法摆脱，也可以是“魔女诱佛”：

阿紫呜咽一阵，又道：“我怎么是小孩子？在那小桥边的大雷雨之夜，我见到你打死我姊姊，哭得这么伤心，我就非常非常喜欢你。我心中说：‘你不用这么难受。你没了阿朱，还有个阿紫呢。我也会像阿朱这样，真心真意地待你好。’我打定了主意，我一辈子要跟着你。可是你又偏偏不许，我心中便说：‘好吧，你不许我跟着你，那么我便将你弄得残废了，由我摆布，叫你一辈子跟着

我。'”（第四十九回）

段誉被王语嫣所迷，被自己的“心魔”所困，也可以是“魔女诱佛”：

> 自他（段誉）在曼陀山庄见到王语嫣，只因她容貌与无量山石洞中的玉像相似，心中立时便生出“她是神仙姊姊”的意念，多见一次，便多一次暗叫她“神仙姊姊”，以前向神仙姊姊所磕的一千个头，每一个头都似是朝王语嫣磕的。见到她时，当她是“神仙姊姊”，不见她而想看她时，心中将“神仙姊姊”冰肌玉貌的神仙体态、神清骨秀的天女形貌，都加在王语嫣身上。其实不但王语嫣并非当真如此美艳若仙，即使玉像本身，也远远不及段誉心中自己所构成的意像，自知那便是佛家所谓的“心魔”。

一人若为“心魔”所缠，所爱者其实已是自己心中所构成的“心魔”，而非外在的本人。“心魔”能任意变幻，越变越美，天上神仙无此美丽，人间玉女无此可爱，总之心中能想得到多好，就有多好！当年佛陀释迦牟尼在菩提树下苦修时，经中有云：魔王波旬曾遣三个魔女来引诱佛陀，千变万化，妖媚百端，佛陀不为所惑，魔女无功而退。所谓魔女，其实便是佛陀当时的“心魔”。内心“魔头”不生，外界引诱便无所用。佛家、道家修行，重在克制“心魔”，所谓“挥慧剑斩姹女”，主要便是此意，更高的修为，是无思无念，“心魔”根本不生，就不用“斩去”或“消除”了。

段誉登基后，头脑渐趋清醒，“心魔”之力便即减弱，又因父母双双逝世，得知了自己身世，为王语嫣发痴着迷的心情也即大减。“心魔”既去，眼中望出来，便是王语嫣的本来面目，耳中听进去，便是王语嫣的本来语音，

不再如过去那样，经“心魔”一番加强美化装饰之后，人则美如天仙，语则清若仙乐。（第四十八回）

文中直接写到“魔女诱佛”故事，这又是金庸先生在直接点题了。

段誉、乔峰、虚竹，都为“魔女”所诱。

七

大乘佛教认为，佛具有法身、应身、化身“三身”。

佛在修行中，为一切众生修学种种法门，随应众生根机，现种种身，即名化身；诸佛为令菩萨得通达诸法实相，示现三十二相、八十种好，则为应身；为灭除一切诸烦恼等障而具足一切诸善法，唯有如如智，称为法身。

根据大乘佛教的说法，段誉、乔峰、虚竹，也可以是“佛陀三身”。

其中段誉“精通佛理”，代表佛法、佛性和绝对真理，略等于“法身”；乔峰受尽苦难而成佛，是佛的一种客观存在相，略等于“应身”；虚竹一开始是少林小和尚，然后是逍遥派掌门，随后是灵鹫宫宫主，再后是西夏国驸马，身份数变，略等于“化身”：佛祖化身无数，只为度化众生。

三人还有一个共通之处，那就是都与佛门有极大渊源：

大理国素称“佛教之国”，段誉自幼即接受佛法熏陶，是佛门中人；

乔峰武功出自少林，师父是少林派武学大师玄苦，也是佛门中人；

虚竹自幼出家为僧，他直接以少林寺为家，还是佛门中人。

三个人，都是佛门中人。乔峰、虚竹，甚至同是一个出身——都是出自“少林”。

综上所述，我们可知，《天龙八部》的三大男主，故事脉络其实是一样的：都是佛门中人；都是在家—出家—悟道；都像释迦一样，经历各种苦难；都为“魔女”所诱；三人“义结金兰”，是生死之交，加在一起，可以是“佛陀三身”。

三人故事的“神话结构”，无一例外均指向佛祖——释迦牟尼。

所以我认为，在一定程度上，段誉、乔峰、虚竹，可以是佛祖的三个不同维度、不同侧面，也可以说是佛祖的“三位一体”。

八

当然，这个只是我个人的推断。

也曾有网友对此提出疑问。

我根据“修订版”和“连载版”文字进行对照，再与自己的推断互相印证，发现除了这个结论之外，其实还可以有一些近似的结论。

有一种说法：在金庸最早的写作架构里，他是把段誉作为主角来写的。但是在写到乔峰时，认为乔峰更有主角空间，于是将故事结构作了一定程度的调整。

这种说法有它一定的依据。根据修订版《天龙八部“释名”》，金庸自陈：

> 这部小说以《天龙八部》为名，写的是北宋时云南大理国的故事。

根据这句话可以认定，一开始，金庸确实是将段誉作为《天龙八部》的主角，故事涉及的范围也仅限于大理。这也让我们同时明白了以下几点：

一、全书第一册文字为什么更典雅蕴藉？（因为作者在写第一册时已在用全力。）

二、为什么在第一册，书中人物已纷纷现出“天龙八部”身？（“修罗刀”秦红棉、“一飞冲天”金大鹏等，出场都很早；“连载版”中的木婉清，绰号叫“香药叉”，也是很早出场。“修罗”“大鹏”“药叉”，都是“天龙八部”，根据金庸小说的惯常写法，主要人物往往不会出现太早——这说明《天龙八部》一开始的情节设计并不如我们现在看到的这么庞大。）

三、为什么写到乔峰故事，多用插叙和倒叙？（因为事先没有设计，临时写来，只好采用插叙和倒叙的方式。）

在“修订版”中，段誉曾经在全书的开篇说过一段话：

> “……贵派叫做无量剑，住在无量山中。佛经有云：‘无量有四：一慈、二悲、三喜、四舍。’这‘四无量’么，众位当然明白：与乐之心为慈，拔苦之心为悲，喜众生离苦获乐之心曰喜，于一切众生舍怨亲之念而平等一如

曰舍。既为无量剑派，自当有慈悲喜舍之心，无量寿佛者，阿弥陀佛也。阿弥陀佛，阿弥陀佛……”（第一回）

这段话“连载版”没有，是金庸在修订时加上的。

这一段话很重要。

因为我们根据这段话，可以认为，在文字表达上，作者属于“开宗明义”：无量寿佛者，阿弥陀佛也——段誉可以象征阿弥陀佛。

也就是说，在作者最初的写作架构中，段誉象征释迦牟尼（王子离家出走）。但在写到乔峰时，作者将释迦牟尼的特征逐渐加在了乔峰身上，要以乔峰来象征释迦牟尼。

既然乔峰像释迦牟尼，那段誉怎么办？于是作者加了一段话——段誉讲述“四无量”精义——以此来指代：段誉象征阿弥陀佛。至于段誉身上表现为释迦牟尼的部分，可以并存——因为在佛教神话里，阿弥陀佛，同时也是释迦牟尼的法身，他们两位可以重叠——阿弥陀佛的出身和经历，与释迦牟尼也基本相同。

除了阿弥陀佛外，段誉身上，还有弥勒佛的影子。

弥勒佛的特征是整天笑呵呵的，“开口便笑，笑世间可笑之人”。书中的段誉也是整天乐呵呵的，他的所作所为，有几分痴，几分傻，往往也引人发笑。在民间的一般认识里，阿弥陀佛很容易与弥勒佛混淆，很多人往往将他们视为同一人。

弥勒佛与释迦牟尼地位相等，是释迦牟尼的兄弟。在书中，段誉是男主角之一，与乔峰地位相等，也是乔峰的结义兄弟。

九

我们再来看看虚竹。

前文说过，虚竹有一颗大悲之心，他的特点是“救人拔苦”。为救三十六洞、七十二岛各路散仙，虚竹不遗余力。三十六洞、七十二岛各路散仙所受天山童姥之欺压荼毒，既可象征人间众生之疾苦，也可象征地狱世界的“鬼众”之苦：

> 乌老大道：“段公子此言甚是。这童姥欺压于我等，将我们虐待得连猪狗也不如。倘若她不命人前来用大棍子打屁股，那么往往用蟒鞭抽击背脊，再不然便是在我们背上钉几枚钉子。司马岛主，你受蟒鞭责打的伤痕，请你给列位朋友瞧瞧。”
>
> 一个骨瘦如柴的老者道：“惭愧，惭愧！”解开衣

衫，露出背上纵三条、横三条，纵横交错九条鲜红色印痕，令人一见之下便觉恶心，想像这老者当时身受之时，一定痛楚之极。一条黑汉子大声道：“那算得什么？请看我背上的附骨钉。”解开衣衫，只见三枚大铁钉，钉在他背心，钉上生了黄锈，显然为时已久，不知如何，这黑汉子竟不设法取将出来。又有一个僧人哑声说道：“于洞主身受之惨，只怕还不及小僧！”伸手解开僧袍。众人见他颈边琵琶骨中穿了一条细长铁链，铁链通将下去，又穿过他的腕骨。他手腕只须轻轻一动，便即牵动琵琶骨，疼痛可想而知。

段誉怒极，大叫：“反了，反了！天下竟有如此阴险狠恶的人物。乌老大，段誉决意相助，大伙儿齐心合力，替武林中除去这个大害。”

乌老大道：“多谢段公子仗义相助。”转头向慕容复道："我们在此聚会之人，没一个不曾受过童姥的欺压荼毒。我们说什么'万仙大会'，那是往自己脸上贴金，说是'百鬼大会'，这才名副其实了。我们这些年来所过的日子，只怕在阿鼻地狱中受苦的鬼魂也不过如此……"（第三十四回）

"百鬼大会"，"阿鼻地狱中受苦的鬼魂"云云，等于是金庸先生又在直接点题。

虚竹全力救护这批"地狱中的鬼魂"，时时刻刻，以度人为念，也可以是地藏王发大愿心、"地狱未空、誓不成佛"之意。

大乘经中的一切菩萨，只有地藏王菩萨是"出家相"。《地藏十轮经》说："以神通力，现声闻（出家众）像。"虚竹"自小出家"，可以是表现地藏王的"出家相"。

地藏王心地慈悲，而面容丑陋。《宋高僧传》说：“释地藏，姓金氏，慈心而貌恶。”虚竹心地善良，容貌奇丑，可以是表现地藏王的“慈心而貌恶”。

地藏之功德究竟圆满，他的地位，可以与佛祖并列。在书中，虚竹是乔峰（释迦牟尼）的结义兄弟，二人正好并列。

地藏菩萨在因地中，多次为救母难，而发“地狱未空、誓不成佛”的誓愿，以此功德力，令多生父母离苦得乐，转凡入圣。在书中，虚竹的出现，也让堕入“恶道”的母亲叶二娘最终得到解脱——在精神上拯救了母亲，这也是“救母”之意。

《地藏十轮经》说，地藏和观音一样，在十方世界现种种身，说种种法，令众生离种种困苦，所求皆得满足。虚竹为各路散仙化解“生死符”，可以是表现地藏令众生的“离种种困苦”；各路散仙之所请所求，虚竹一一答应，可以是表现地藏令众生的“所求皆得满足”。

地藏菩萨普度众生，虽然遍及一切世界，但在秽恶世界待得最久，因为秽恶世界里众生的苦难最多。三十六洞、七十二岛之各路散仙，可以比作秽恶世界的苦难众生；他们最后归属于虚竹门下，也可以象征六道众生都由地藏菩萨来教化。

《地藏菩萨本愿经》说，地藏王在忉利天接受释迦嘱托，在释迦入灭后、弥勒下生前，由他统领三千大千世界。在佛教神话里，地藏与释迦牟尼、弥勒佛地位相等，是分别护持天界、地界、人界这三界的三位大佛。

所以，金庸写虚竹、乔峰和段誉，如果不是表现释迦牟尼的三个维度、三个侧面，则换个思路，可以分别表现地藏、释迦与弥勒这三界三佛。

十

大乘佛教认为，“三世”“十方”处处有佛。其中，释迦牟尼成佛之前称“过去佛”，涅槃之后称“未来佛”。

“三世”之佛称“三世佛”，有横、竖两种说法。“竖三世佛”是指过去、现在、未来三世之佛。过去佛是燃灯佛，现在佛是释迦牟尼佛，未来佛为弥勒佛。三佛组成“竖三世佛”，喻意着佛教关于世界轮回不灭的宗教理念。

“横三世佛”是指三个不同佛国世界的佛。这里的“世”，即在时间上同时存在的三个空间：西方世界、中方世界、东方世界。其中西方极乐世界，主教为阿弥陀佛；中方娑婆世界主教为释迦牟尼；东方净琉璃世界主教为药师佛。

在《天龙八部》的故事结构里，大理某种程度上可比作阿弥陀佛（段誉）的“极乐世界”（众生生活幸福），大理之外的宋、辽等可比作释迦牟尼（乔峰）的“娑婆世界”（众生忍受苦恼）。释迦牟尼为救自己“娑婆世界”中的苦恼众生而宁愿舍弃自己的生命（萧峰以自杀来劝辽、宋两国放下刀兵），他所向往的，正是阿弥陀佛（段誉）的“极乐世界”（大理）。

小说的叙事背景，和佛教神话中的结构基本相同。

药师佛又称“大医王佛”，顾名思义，是以医药、医术救治众生；在佛教神话里，燃灯佛也曾接受过释迦牟尼的“供奉”。所以在《天龙八部》的故事里，药师佛和燃灯佛都可以指向虚竹——他以极大的悲悯之心，全力救治为“生死符”所苦的三十六洞洞主、七十二岛岛主，可以象征药师佛；并且接受过乔峰（释迦牟尼）的“供奉”，可象征燃灯佛——在“新修版”中，乔峰向其传授过“打狗棒法”和“降龙二十八掌”：

> 却听萧峰说道：“丐帮如要推一位英雄出任帮主，一时之间未必便能找到合适人才，依照祖传规矩，丐帮帮主必须会得‘打狗棒法’和‘降龙二十八掌’两门功夫。二弟，我想烦你先学会了，日后转而传给继任的帮主。要学这两门功夫，必须武功精熟，悟性极强。三弟不喜学武，环顾这里许多朋友，只有你最适合。”
>
> 虚竹一听大喜，心想只要不是叫自己去做丐帮帮主，学两门武功，有何难哉？当日受童姥逼迫，不知学了多少门武功，再学几门，毫不足道，便即欣然答允，说道：“大哥，请你指点，做兄弟的必定不负所托，原原本本地转授给日后的帮主。”（第五十回）

丐帮的镇帮之宝，不传之秘，乔峰拱手即送给虚竹，这就略等于释迦牟尼对燃灯佛的“供奉”。所以段誉、乔峰、虚竹，还可以是“竖三世佛”与“横三世佛”。

从叙事结构上，我本人倾向于表现释迦牟尼的三个维度、三个侧面；从象征意义上，则“三佛”的说法也都自成其说。

十

佛门修炼有“破三关”的说法：第一关破本参，指开悟；第二关破重关，指见性；第三关破牢关，是证道。

段誉、乔峰、虚竹，在精神层面都有“明心见性”的“悟道”，在肉体方面也都有“破除牢笼”的“证道”。

“悟道”之先，三人都有身份之惑：段誉是不断地靠离家出走来平衡自己；乔峰是深陷于“汉人还是契丹”的胡汉恩仇；虚竹是身份数变，三人都一次次茫然于自己到底是谁。

“证道”之先，三人又都有“牢狱关”：段誉的“牢狱关”表现在被段延庆囚于石室；乔峰的“牢狱关”表现在被耶律洪基囚于狮笼；虚竹的“牢狱关”表现在被天山童姥囚于冰窖。

三人都是脱离牢笼之后，冲破了“牢狱关”，经过“死亡”这一道关口，才终于到达“灵山境界”：段誉脱离石室，虚竹脱离冰窖，两人的人生才开始真正柳暗花明；乔峰脱离狮笼，人生境界也得以升华。

三人的心路与经历，都可以是佛家的“非我，无我”“破牢证道”之意。

十一

佛家讲“真我”“妄我”。“真我”是涅槃四德之一，亦称“大我”，谓“出离生死烦恼的自在之我”。通俗来说，其实就是“真正的我”。佛教认为，凡夫执着“五蕴假合之身”为“我”，其实那是“妄我”，要像佛祖那样具有“八大自在之我”，才是“真我”。

“妄我”与“真我”相对。《俱舍论·破执我品》说：“故佛说正法，如牝虎衔子，执真我为有，则为见牙伤，拨俗我为无，便坏善业子。”

段誉、乔峰、虚竹，三人都有一个“真我”，又都有一个“妄我”。

用两个人来写同一个人物，在古今中外的文学作品中并不罕见。

陀思妥耶夫斯基的《卡拉马佐夫兄弟》有个场面：午夜有人来访，彼此辩论争吵；主角一怒之下，摔了杯子，访客忽然不见，原来访客就是主角自己。

黑塞的《德米安》写少年成长过程中，一个人变成几个人，借此描述书中人物的心理冲突和性格斗争。

至于《红楼梦》中的甄宝玉、贾宝玉，《西游记》中的真假孙悟空，更是显例。

这就是曹雪芹所说的“假作真时真亦假”。

我们来看《天龙八部》。

根据出场顺序，我们还是先看段誉。

我认为，段誉的“真我”是自己，“妄我”是鸠摩智。

在书中，和段誉一样，鸠摩智也是精通佛法。两人同样的舌灿莲花、辩才无碍。两人都有着各自的“心魔”：段誉的“心魔”表现在为王语嫣所“执迷”；鸠摩智的“心魔”表现在为高深武学所“执迷”。

两人都为自己的“执迷”而深陷其中，无法自拔。

两人最后都修得正果。

在故事结构上，鸠摩智掳走段誉，可以是段誉自己再一次的离家出走——如前所述，段誉是大理镇南王世子，却有着一颗“平常心”，他需要靠不断地离家出走来平衡自己。但这次的“出走”，段誉可以这样想：“这次是别人把我抓走的，你们拦不住，追不上，和我有什么关系？”

两个人一路走来纠葛不断，行为、性格完全相反，金庸写两人，采用的笔法完全是“对比”；这恰可证两人是一“真”一“妄”；最后，巧合的是，两人也是在同一时间、同一地点“证道”：

段誉得到王语嫣的真情表白，是在“枯井底，污泥处”；鸠摩智看破世情，大彻大悟，也是在“枯井底，污泥处”——同一座枯井、同一堆污泥——两个人都是在这里抵达“涅槃境界”。

鸠摩智看上去穷凶极恶，但细读全书，他其实没做过什么坏事，也没有杀过任何一个人。他的存在，其实略等于佛家讲的“佛譬喻”，只是“打个比方”。

鸠摩智本来神智迷糊，内息既有去路，便即清醒，心下大惊：“啊哟！我内力给他这般源源吸去，不多时便成废人，那可如何是好？”当即运功竭力抗拒，可是此刻已经迟了，他的内力本就不及段誉浑厚，其中小半进入对方体内后，此消彼长，双方更加强弱悬殊，虽极力挣扎，始终无法凝聚，不令外流。……过不多时，段誉、王语嫣与鸠摩智三人一齐晕去。（第四十六回）

鸠摩智内力为什么会被段誉全部吸走？因为在某种程度上，他们两个其实可以是同一个人——作为武术家的鸠摩智和段誉“合并”了。这个情节看似沿袭了武侠小说的“套路”，但其实也可以是一个隐喻，它说明了两人可以是同一个人，可以“合而为一”。

所以我认为，在某种程度上，鸠摩智是另一个段誉。鸠摩智的表现，可以视之为段誉自己内心世界的挣扎与冲突。

在书中，鸠摩智有一个“大轮明王”的称号。这个“大轮明王”，在佛教神话里，就是弥勒佛的“忿化身”——也就是说，按照佛教神话的结构，段誉（弥勒佛）的另一面（妄我），正好也是鸠摩智（大轮明王）。

十二

再来看看乔峰。

和段誉一样，乔峰也有一个“妄我”。段誉的“妄我”是鸠摩智，乔峰的“妄我”是萧远山。

和段誉相比，乔峰这个很明显了。

在书中，萧远山是乔峰的父亲，两人长得一模一样：

乔峰叹了口气，说道：“这可真奇怪了，世上居然另有一人，和我相貌十分相像，以致我师父误认是我。”（第二十回）

群雄“啊”的一声惊呼，只见他方面大耳，虬髯丛生，相貌十分威武，约莫六十岁左右年纪。萧峰惊喜交集，抢步上前，拜伏在地，颤声叫道：“你……你是我爹爹……”

那人哈哈大笑，说道：“好孩子，好孩儿，我正是你的爹爹。咱爷儿俩一般的身形相貌，不用记认，谁都知道我是你的老子。”（第四十二回）

非但如此，金庸还为两人专门设计了一个意味深长的情节：在乔峰千里茫茫寻觅“带头大哥”的线索时，萧远山总是先行一步，抢在前面杀死“敌人”，而人们往往将之错认为是乔峰，甚至连至亲至近之人也分辨不出。

为什么会有这样的结构？

去掉萧远山在全书叙事中的“功能性”之外，我们很容易看出这其实是一个结构性（文本性）隐喻：和真假孙悟空、甄贾宝玉一样，乔峰、萧远山，也可以是“真假乔峰”。

佛家有“破除我执”的说法。这个“破除我执”，不是破除“真我”，而是破除“妄我”。在某种程度上，“妄我”略等于“心魔”，顽固而强大，极难破除。

现实中的乔峰，接受了自己是契丹人的事实，但他的潜意识并不接受。这一系列的杀戮，可以视为乔峰潜意识中对自己遭遇的一个本能反应——他的本意是：让知道真相的人全部消失——萧远山，在某种程度上可以是乔峰潜意识里“分裂”出来的，是乔峰的“妄我”。

这也在一定程度上可以解释阿朱为什么会死，而且会死在乔峰掌下。

因为在乔峰的潜意识里，知道真相的人全部要死，而阿朱，不但全程目睹了自己的身世之变，并且全程目睹了自己的一路杀戮——阿朱不死，怎么可能？

这也从另一个角度，说明了阿朱为什么会爱上乔峰——聚贤庄之后，两人“悄立雁门”，乔峰发现阿朱曾经假扮过自己：

> 阿朱见他满脸杀气，目光中尽是怒火，心中十分害怕，不自禁的退了两步。只要再退两步，那便是万丈深渊。
>
> 乔峰厉声道：“站着，别动！”

阿朱吓得泪水点点从颊边滚下，颤声道：“我没……杀你父母，没……没杀你师父。你师父这么大……大的本事，我怎能杀得了他？”

她最后这两句话极是有力，乔峰一听，心中一凛，立时知道是错怪了她……阿朱破涕为笑，拍了拍胸口，说道：“你险些儿吓死了我，你这人说话也太没道理，要是我有本事杀你师父，在聚贤庄上还不助你大杀那些坏蛋么？”

乔峰见她轻嗔薄怒，心下歉然，说道：“这些日子来，我神思不定，胡言乱语，姑娘莫怪。”

阿朱笑道：“谁来怪你啊？要是我怪你，我就不跟你说话了。”随即收起笑容，柔声道：“乔大爷，不管你对我怎样，我这一生一世，永远不会怪你的。”（第二十回）

有没有发现，阿朱说的最后一句，其实是对乔峰的“表白”？为什么两人的爱情，居然是阿朱先“表白”？

为什么这个“表白”，居然发生在乔峰试图动手杀她的那一刻？因为，当时除了“爱上”乔峰之外，阿朱其实已经没有其他选择了——背后是万丈深渊——从心理学的角度看，这甚至可以是著名的“斯德哥尔摩综合征”。当然，鉴于两人头上的主角光环，以及讲故事的需要，阿朱之死，金庸自己给出的解释是“误伤”。

小镜湖畔，乔峰一掌打出，阿朱身死。这一掌，应该就是乔峰的看家本领“降龙十八掌”。但具体什么招数，金庸恰恰没说。

有次我和朋友讨论，有人说是“神龙摆尾”，有人说是“飞龙在天”。但我想，应该就是“亢龙有悔”。

和“降龙十八掌”的其他招数一样，“亢龙有悔”也出自《易经》，它是一个哲学概念，略等于我们常说的“物极必反”。《象传》的解释是：“亢龙有悔，盈不可久。”《史记·范睢蔡泽列传》说：“亢龙有悔，此言上而不能下，信而不能诎，往而不能自返者也。”

在情节结构上，乔峰一掌打出，就“后悔”了，这就是“亢龙有悔”的字面意思。

在哲学意蕴上，乔峰一掌打出，整个局面全变了，这正符合“亢龙有悔”所要表达的哲学概念：“世间事物发展到一定程度，就会发生根本转变。”《文言》的解释“亢龙有悔，穷之灾也”，即是此意。

所以这个情节，也可以是“佛譬喻”，是以故事来讲述哲学道理。

“世纪新修版”第四十一回，金庸将乔峰击退丁春秋的一招“亢龙有悔”，改为“见龙在田”。有读者认为，这样的修改是为修改而修改，没有实际意义，殊不知这个改动，正好说明了在金庸心中，“亢龙有悔”这一招的重要性。在他心里，“亢龙有悔”，是乔峰误伤阿朱所“专用”的，有它独特的喻意，所以不能再随随便便“给了”丁春秋。

书中还写到一段情节，可以说明乔峰的这个“分裂”：

一瞥眼间，只见一条大汉的人影迅捷异常地在身后一闪而过，身法之快，直是罕见。

乔峰吃了一惊：“好身手，这人是谁？”回掌护身，回过头来，不由得哑然失笑，只见对面也是一条大汉单掌斜立，护住面门，含胸拔背，气凝如岳，原来后殿的佛像之前安着一座屏风，屏风上装着一面极大铜镜，擦得晶光净亮，镜中将自己的人影照了出来。铜镜上镌着四句经偈，佛像前点着几盏油灯，昏黄的灯光之下，依稀看到是：“一切有为法，如梦幻泡影，如露亦如电，当作如是观。”

乔峰一笑回头，正要举步，猛然间心头似被什么东西猛力一撞，登时呆了，他只知在这一霎时间，想起了一件异常重要之事。然而是什么事，却模模糊糊地捉摸不住。

怔立片刻，无意中回头又向铜镜瞧了一眼，见到了自己背影，猛地省悟：“我不久之前曾见过我自己的背影，那是在什么地方？我又从来没见过这般大的镜子，怎能如此清晰地见到我自己的背影？”（第十八回）

这一段描写，是一个极有深意的隐喻。它不但向读者暗示了日后乔峰的“敌我难分”处境，也表现了“真我”“妄我”在读者面前同时出现，并且开始“分裂”。

乔峰一生努力，成就了自己名满天下的“北乔峰”地位，但命运告诉他“这一切都是假的”——“一切有为法，如梦幻泡影，如露亦如电，当作如是观”，这四句经偈之所以出现在这里，是金庸先生忍不住又在点题——但读懂它的，没有几个。放在乔峰自己身上，也是“模模糊糊地捉摸不住”，只有等到阿朱身死，才能真正明白。

十三

在一次媒体访问中，金庸曾经谈到创作《天龙八部》的心得。他说：“我是想把乔峰写成释迦牟尼式的人物，但不是太成功。”（大意）

这个说法，当时我读到之后，认为非常重要，还专门用笔加了下划线，折页以为标记。但后来查阅手头各书，始终翻检不到，直至本书出版，仍然未找到是在哪一篇文章里。但这个说法确实有，我亲眼见过。

这个“释迦牟尼式的人物”，其实是金庸本人“开诚布公”，忍不住把《天龙八部》一书的答案直接告诉了我们。“天龙八部”这个组合，在佛教神话里只是“佛的护法”，不是“佛”本身。金庸的本意，是将乔峰写成“佛”，写成释迦牟尼。乔峰是释迦牟尼的同时，他身边的人物，才有可能是“天龙八部”身。

目前学界对“天龙八部”有很多解读，但无一得其要领。原因就是大家往往就“天龙八部”而解“天龙八部”，眼中只有“天龙八部”，不明白他们其实只是“配角”。

在《天龙八部“释名”》一文中，金庸说得再也清楚不过：

> “天龙八部”这名词出于佛经。许多大乘佛经叙述佛陀向诸菩萨、比丘等说法时，常有天龙八部参与听法。

“天龙八部”，“天神”“龙神”等在佛陀说法时，只是“参与听法”，连主要的听众都不是。佛主要是说法给“诸菩萨、比丘等”来听的。所以在金庸笔下，“天龙八部”不可能是真正的主角，主角只能是“天龙八部”所侍奉、环绕的“佛”——释迦牟尼。很多人将乔峰解读成是“天神”，那是从根本上错了。

至于“不是太成功”，金庸没有说不太成功在哪里，但根据对文本的分析，我认为他说的这个不成功，应该是指乔峰故事中的“乔峰魔变”。因为在佛教神话里，释迦牟尼没有“魔变”的故事，而金庸在写作中，鉴于叙事需要，描写了乔峰在“佛”与“魔”之间的痛苦挣扎。

阿朱对这一点深有了悟。在书中，金庸曾经专门写了阿朱对乔峰的观感：

> 乔峰瞧着左首深谷，神驰当年，说道：“阿朱，我爹爹妈妈给那些汉人无辜害死，此仇非报不可！”
>
> 阿朱点了点头，心下隐隐感到害怕。她知道这轻描淡写的“此仇非报不可”六字之中，势必包含着无数的恶斗、鲜血和性命。（第二十回）

这个“心下隐隐感到害怕”，从心理学的角度，也有点是“斯德哥尔摩综合征”的肇因。

乔峰（萧远山）的一路杀戮，阿朱是唯一的“目击证人”。乔峰杀阿朱，本意应该是不希望阿朱在旁边“监督”。没有了阿朱，自己就可以进一步“魔变”。但也许是阿朱之死在最后一刻触动了他，他在阿朱临死前一刹那省悟了自己的“魔障”，认识到自己的错误，整个人“佛”的一面开始复苏。

佛教认为：“善恶追人，如影随形，不可得离，罪福之事，亦皆如是。”（《阿难问事佛吉凶经》）这个意思，引申一下，就是我们常说的“佛魔一念间”。从这个角度讲，乔峰杀阿朱，也可以是“佛魔一念间”这个哲学概念的“故事版”。

十四

再来看虚竹。

和段誉、乔峰相同，虚竹身边，也有一位“妄我”。我认为，这个“妄我”，就是天山童姥。

在书中，虚竹一心向佛，对佛门戒律修持甚严，但遇到天山童姥后，酒戒、荤戒、杀戒、色戒等等，接二连三，一一给她破掉。

为什么会这样?

书中给出的答案，是童姥性格使然：“世上有谁跟我作对，我便跟他作对到底。总而言之，我要叫你做不成和尚。”（第三十六回）

但正如书中所言，虚竹所持戒律，其实是有违天性：

> （虚竹）这二十四年之中，只在少林寺中念经参禅。但好色而慕少艾，乃是人之天性，虚竹虽然谨守戒律，

每逢春暖花开之日，亦不免心头荡漾，幻想男女之事。（第三十六回）

对虚竹威逼利诱，费尽艰辛，自己却没有丝毫好处，这种事童姥为什么乐此不疲，一定要做？答案或许只有一个，那就是：天山童姥，其实就是虚竹心中的另一个自己。

为什么有一个“真我”，又有一个“妄我”？我认为金庸之所以这样写，是想要表现“真我”与“妄我”二者之间的艰难斗争。

全书第四十二回中，玄慈说过一句话：“明白别人容易，明白自己甚难。克敌不易，克服自己心中贪嗔痴三毒大敌，更是艰难无比。”这句话，某种程度上，可算是一部大书的“总纲”。

金庸自己也说过：“自己所不能控制、不能指挥的东西，终究不是属于我的，那不会是我，不会是‘真正的我’。”（《谈色蕴》）

我们常说，人生最困难的，就是认识自己和战胜自己。金庸想要表现的，正是这种认识自己、战胜自己的激烈与艰难。

十五

佛并非生而为佛，而是经过一番修行历练，才成为佛。

段誉经过一番与王语嫣的情感波折，悟得了“人生无常”，看清了自己的“心魔”，化解了“痴”：

段誉再次见到玉像，霎时之间，心中一片冰凉，登时明白："以前我一见语嫣便为她着迷，整个心都给她绑住了，完全不能自主。人家取笑也罢，讥刺也罢，我丝毫不觉羞愧。语嫣对我不理不睬，视若无睹，我也全然不以为意。之所以如此自轻自贱，只因我把她当做了山洞中的'神仙姊姊'，竟令我昏昏沉沉、糊里糊涂，做了一只不知羞耻的癞蛤蟆。那并不是语嫣有什么魔力迷住了我，全是我自己心生'心魔'，迷住了自己。"

……段誉劝道："只怕当真并没不老长春功。即使是不老长春功中的人，也不过寿命较长、身体较健朗而已。道家说生死，曰'齐天地''坐忘'，只是叫人看开一点。佛家视生为苦，老死为必不可免。释迦牟尼教训众弟子：'人生八苦：生、老、病、死、怨憎会、爱离别、求不得、五阴炽盛，乃有忧悲大苦恼聚，此苦之聚。须知色无常，受、想、行、识无常，非

我。’嫣妹，人的色身是无常的，今天美妙无比，明天就衰败了，这大苦人人都免不了！”（第五十回）

乔峰经过宋、辽之间的“胡汉恩仇”，明白了“众生平等”，化解了“嗔”：

过了一会，乔峰缓缓地道：“我一向只道契丹人凶恶残暴，虐害汉人，但今日亲眼见到大宋官兵残杀契丹的老弱妇孺，我……我……阿朱，我是契丹人，从今而后，不再以契丹人为耻，也不以大宋为荣。”阿朱听他如此说，知他已解开了心中郁结，很是欢喜……（第二十回）

萧峰道：“大师是汉人，只道汉为明，契丹为暗。我契丹人却说大辽为明，大宋为暗。想我契丹祖先为羯人所残杀，为鲜卑人所胁迫，东逃西窜，苦不堪言。大唐之时，你们汉人武功极盛，不知杀了我契丹多少勇士，掳了我契丹多少妇女，现今你们汉人武功不行了，我契丹反过来攻杀你们。如此杀来杀去，不知何日方了？”（第五十回）

虚竹经过一番人间（江湖）经历，悟得了人生的圆融会通之理，化解了“贪”——贪求、贪执，表现为心心念念要做“小和尚”——在书中，金庸写了这么一段：童姥笑道：“经云：有求皆苦，无求乃乐。你一心要遵守佛戒，那便是‘求’了，求而不得，心中便苦……”想要表达的就是虚竹的这个“贪”：

段誉见虚竹虽得美满姻缘，神色间总有郁郁之意，走近身去，说道：“二哥，多谢你送了五位美丽可爱的妹子给我。你既娶得这位世上无双、人间第一的二嫂，怎么仍不开心，是为了你去世的父母而伤心么？”虚竹道：

"色无常，有生必有死。父母去世，我虽伤心，倒也没想不开。我心里总不开心，是因为终究做不成和尚。"

段誉道："二哥，我的佛法修为远不如你。我说一段大乘经《维摩诘所说经》，请你指教：如来佛知道维摩诘生了病，派儿子罗睺罗去探病。罗睺罗说自己不配去，因为是释迦牟尼的儿子，本该继承做国王，但他舍弃王位而出家为僧，有人问他是什么原因，他便讲述出家的利益和功德。维摩诘认为他讲得不对，因为在有为法的范围中，可以分别有利无利，有功德无功德，但出家属于无为法。《维摩诘所说经》中云：'时维摩诘来谓我言："唯，罗睺罗，不应说出家功德之利。所以者何？无利无功德，是为出家。有为法者，可说有利有功德。夫出家者，为无为法。无为法中，无利无功德。罗睺罗，出家者，无彼无此，亦无中间……"'

“二哥，维摩诘居士是不出家的大居士，他勤修佛道，比出家的舍利弗、大目犍连、须菩提、富楼那、摩诃迦旃延、阿那律、优波离、阿难、大迦叶等等所有如来佛的大弟子，对正法更加通达，如来佛也认为如此。这些大弟子个个对他十分佩服，罗睺罗说：‘维摩诘言：然！汝等便发阿耨多罗三藐三菩提心，是即出家，是即具足。’”

虚竹沉思片刻，说道：“三弟说得对，只要心存佛教，向慕正法，发阿耨多罗三藐三菩提心，‘是即出家，是即具足’！学习佛法，须当圆融。拘泥不化，乃我天性中的大病！”说着满脸喜容，向段誉拜倒。段誉忙跪下还礼。（第五十回）

书中另有一段：

四女齐声笑道：“主人，我们四姊妹都嫁了你做小老婆吧！”虚竹忙连连摇手，说道：“不成，不成！人贵知足，不可妄起贪念。贪嗔痴是为三毒，贪为三毒之首，务必去除。我早已有了人间第一、世上无双的好老婆，决不能再娶第二个了。”（第五十回）

“贪为三毒之首，务必去除”，虚竹的这句话，还是作者本人在直接点题。

三人以各自的方式，各自的途径，分别悟道，皆得解脱。

十六

再补充一下“四无量心”。

前文说过，修订以后的《天龙八部》，开篇的“四无量心”精义，在写作方法上，属于“开宗明义”，全书一开始，作者即为全书定下“基调”：《天龙八部》，“破孽化痴”，是一部“悲悯众生”之书。

我们重新看一下什么是“四无量心”：

> “……佛经有云：‘无量有四：一慈、二悲、三喜、四舍。’这‘四无量’么，众位当然明白：与乐之心为慈，拔苦之心为悲，喜众生离苦获乐之心曰喜，于一切众生舍怨亲之念而平等一如曰舍……”（第一回）

慈、悲、喜、舍，各有所指。佛教认为，这四心普缘无量众生，引无量之福，故名无量。

我认为，书中的几位主人公，在某种程度上，可以分别指代“四无量心”。

根据佛经经义，“与乐之心”，可以指向段誉。

段誉出场即不喜欢看“无量剑”东西宗打架；被人打了也不记恨，更不生气；不顾自己安危要回无量剑救人；认为无量剑、神农帮之争殊为无谓，有纷争不妨讼之官府等等，都是说他有一颗“与乐之心”。“与乐之心”，也就是我们常说的友善之心、能与众生安乐之心。

段誉的“友善”风格，能与众生安乐，可以是“慈无量心”。

“拔苦之心为悲”。“救人拔苦”，体现在虚竹身上。虚竹时时以帮助他人“度一切苦厄”为念，化解逍遥派内耗，统帅灵鹫宫，去除三十六洞洞主、七十二岛岛主身上的“生死符”，都是“同情他人痛苦、救拔众生离苦”之意。

虚竹，可以是“悲无量心”。

“于一切众生舍怨亲之念而平等一如曰舍”。在字面上，“舍”即“舍弃”，让我们很容易联想到乔峰的为天下苍生舍弃生命；根据佛经经义，于一切众生舍怨亲之念而平等一如，即“舍弃一切怨亲之差别相，而平等对待之”，简单来说，其实是“众生平等”之意。

乔峰经过一番痛苦思索，不再执念于“胡汉之辨”，悟得了众生平等，同时为救天下苍生舍弃生命，这种境界，可以是“舍无量心”。

有书友也许会问：“还有一个喜无量呢？”三大男主之外，谁可以指代“喜无量心”？

见人离苦获乐，心生庆悦欢喜，就是“喜无量心”。这个

“喜无量心”，在和网友们的讨论中，有人认为是银川公主，因为她“在茫茫人海中终于寻到他（虚竹）”，心下一定欢喜无量；

也有人认为可以是阿碧，因为“不管如何，我终于可以和你（慕容复）在一起了”。

但我觉得，按照主角、配角的分别，或者出场多少的比例，应该首选阿朱。理由是：阿朱认为，自己替父亲受乔峰一掌，不但可以化解双方恩怨，还可以得保爱侣不死；自己虽然不治，但心里是欢喜的。

段誉、虚竹、阿朱、乔峰，大约可分别指代佛家的“四无量心”。

十七

“四无量心”之外，还有“无分别心”。

根据刘再复先生的解释，“无分别心”，是指没有等级分别、门第分别、尊卑分别和高低分别的慈悲情怀。

在段誉眼里，世间没有敌人，也没有坏人。他心胸敞亮，能信赖一切人，也能容纳一切人。他不但能接受南海鳄神这个“徒弟”，还能接受“天下第一大恶人”段延庆这个父亲。鸠摩智无缘无故抓了他要在慕容博墓前“火化”，他非但不记恨，当鸠摩智失去内力，刚刚表现出一丁点的沮丧失意，他就马上心生同情，好言安慰：

鸠摩智叹道：“老衲虽在佛门，争强好胜之心却较常人犹盛，今日之果，实已种因于三十年前。唉，贪、嗔、痴三毒，无一得免，却又自居为高僧，贡高自慢，无惭无愧，唉，命终之后身入无间地狱，万劫不得超生。”

段誉……听了鸠摩智这几句心灰意懒的话，同情之心顿生，问道：“大师何出此言？大师适才身子不愉，此刻已大好了吗？”（第四十六回）

在他眼里，众生都是一样的，是平等的。

虚竹也是这样。三十六洞洞主、七十二岛岛主，武功有高有低，人品有好有坏。但在虚竹眼里，他们都一样，都是需要救护的众生。

乔峰更是如此。宋人之中有好人，也有坏人；辽人之中也是有好人，也有坏人。但在乔峰这里，不管宋人、辽人，都是平等的，都需要安居乐业，都需要一个太平世界。

心无分别，普度一切，是慈悲的最高境界。这种慈悲，是段誉、乔峰、虚竹所独有的释迦牟尼的慈悲。

十八

金庸先生本人，在“新修版”《天龙八部“释名”》一文的最后，也增加了如下三段话：

> 佛教认为：世间一切无常，众生（包括天、人、阿修罗、畜生、恶鬼、地狱）除非修成“阿罗汉”，否则心中都有“贪、嗔、痴”三毒，难免无常之苦。本书所叙的人物都是常人（喜、怒、哀、乐、爱、恶、悲、愁等感情不异常人），书中所述史事大致正确，人物有真有

假，故事则为虚构，人物的感情力求真实。但书中人物很多身具特异武功或内功（有许多是超现实的，实际人生中所不可能的），又颇有超现实的遭遇（有些人性格极奇极怪），因此以“天龙八部”为书名，强调这不是现实主义的，而是带有魔幻性质、放纵想象力的作品（许多武侠小说都是这样）。

“天龙八部”本来就是神话性的，佛陀说法也多半以神话性的人物作譬喻，有一种比较抽象的含义。抽象则内容较为广泛，包含的范围较大，不像具体之人与事有特定所指。

本书内容常涉及佛教，但不是宗教性小说，主旨也不在宣扬佛教。因书中角色信仰佛教者甚多，且有出家之僧侣，因之故事不能不带到佛教。大乘佛教含义极广，不单以人世为然，天上地下，无所不包。做人固然苦，

> 做牛做马、做鬼做神也都苦。大乘佛法原是从印度部派佛法的“大众部”演变而来，其中包含了不少古印度民间的原始传说和信仰，现代人或觉其若干部分为迷信而不可信，但古老信仰常为象征，往往含有更广泛的真义。

这三段话包罗很广，在某种程度上，还有一些刻意为之的“文字障”。但与本书关联密切的，是金庸第一次明确指出：

> “天龙八部”本来就是神话性的。

这是金庸一生中，唯一一次把“神话”二字和自己作品放在一起。文末一句也非常重要，但语义含糊，让人读了不知所云：

> 大乘佛法原是从印度部派佛法的“大众部”演变而来，其中包含了不少古印度民间的原始传说和信仰，现

代人或觉其若干部分为迷信而不可信，但古老信仰常为象征，往往含有更广泛的真义。

我根据上下文文意，斗胆从自己的观点出发，对这句话进行了“破译”。老爷子的这句话，结合上一句来看，其实是想说：

《天龙八部》，在写作时参考了佛教的一些神话（传说和信仰），这些神话有很多夸张、荒诞的部分，所以书中人物，往往形貌、性格及行事极为奇怪（不可信），但这些都只是“象征”性的，是表面现象；我的本意，是试图对中国神话进行解释和还原（更广泛的真义）。

或许有人认为，这一定是过度解读了。

但我坚持我的看法。

重要参考文献

金庸：《天龙八部》（连载版），《明报》，1963 年 9 月 3 日—1966 年 5 月 27 日。

金庸：《天龙八部》（第二次修订版），生活·读书·新知三联书店，1994 年 5 月第 1 版。

金庸：《天龙八部》（世纪新修版），广州出版社、花城出版社，2013 年 4 月第 1 版。

李以建编：《香港当代作家作品选集·金庸卷》，（香港）天地图书有限公司，2016 年 7 月初版。

金庸、池田大作：《探求一个灿烂的世纪》，北京大学出版社，1999 年 12 月第 1 版。

金庸:《金庸散文集》, 作家出版社, 2006年9月第1版。

查良镛:《谈色蕴》,(香港)《内明》杂志, 1977—1978年分7期连载。

刘再复:《贾宝玉论》, 生活·读书·新知三联书店, 2014年3月第1版。

刘再复:《红楼梦悟》, 生活·读书·新知三联书店, 2006年10月第1版。

刘再复:《〈西游记〉悟语三百则》,(澳门)《艺文杂志》,2018年第5期、第6期。

白先勇：《白先勇细说红楼梦》，广西师范大学出版社，2017 年 2 月第 1 版。

蒋勋：《梦红楼》，中信出版社，2014 年 8 月第 1 版。

胡菊人：《小说红楼》，江西教育出版社，2017 年 5 月第 1 版。

温瑞安：《天龙八部欣赏举隅》，中国友谊出版公司，1998 年版。

李欧：《武侠小说关键词》，《博览群书》杂志，2007 年第 6 期。

刘国重：《金庸师承考》，北京联合出版公司，2017 年 6 月第 1 版。

陈志明：《金庸笔下的文史典故》，东方出版社，2007 年 8 月第 1 版。

陈志明：《金庸笔下的文史典故续编》，东方出版社，2008 年 5 月第 1 版。

林翠芬：《香港文化名人采访录》，（香港）获益出版社，1996年第1版。

（清）曹雪芹、高鹗著：《红楼梦》，上海古籍出版社，1991年10月第1版。

（明）吴承恩：《西游记》，上海古籍出版社，1994年12月第1版。

（英）凯伦·阿姆斯特朗著，贤祥译：《佛陀》，生活·读书·新知三联书店，2014年1月第1版。

（俄）陀思妥耶夫斯基著，耿济之译：《卡拉马佐夫兄弟》，人民文学出版社，2004年3月第1版。

（德）赫尔曼·黑塞著，丁君君、谢莹莹译：《德米安：埃米尔·辛克莱的彷徨少年时》，上海人民出版社，2009年3月第1版。

《佛说兴起行经》《阿难问事佛吉凶经》《过去现在因果经》《普曜经》《瑞应本起经》《杂阿含经》《地藏十轮经》《地藏菩萨本愿经》《宗轮论》《俱舍论》《宋高僧传》。

书前有刘国重、谢国有两位大兄所作序言。在序言中，两位对我赞赏有加。这当然只是兄长对我的偏爱、呵护，不能当真。

后记

本书是笔者解读《天龙八部》的第一册，主要是解读段誉、乔峰、虚竹三人的原型与三人形象的喻指，所以开门见山，书名就叫《段誉·乔峰·虚竹：原型与隐喻》。在原著中，根据情节需要，“乔峰”后来改名“萧峰”，本书为求行文简洁，统一称之为“乔峰”。

《天龙八部》一书，以佛教名词“天龙八部”名之，出版至今，各种解读都有，言人人殊，但一般都是围绕“天龙八部”这个概念去解。本书选择了从另一个角度即释迦牟尼的角度开始解起，最后仍然会逐渐过渡到“天龙八部”。但我认为，从释迦牟尼的角度开始，要比直接解读“天龙八部”来的思路更加清晰。

金庸小说最初是在报纸上连载，是为“连载版”；1975至1977年进行认真修订，是为“第一次修订”；1985年又作修改，是为“第二次修订”；新世纪以来（2002—2006），再次系统修订，是为“第三次修订”（世纪新修版）。本系列以“第二次修订版”为主（内地为“三联版”），适当参考“连载版”及“世纪新修版”。

书前有刘国重、谢国有两位大兄所作序言。在序言中，两位对我赞赏有加。这当然只是兄长对我的偏爱、呵护，不能当真。谢兄是我同乡，多年来一直沉浸于教育事业，近期致力于人物传记写作，对传统文化也颇有发明。刘兄是真正的“金学专家”，他长期研读金庸著作，成就斐然。学界素有“平生不识刘国重，纵称金迷也枉然”之誉。犹记当年初见，他给我的第一印象是“风神洒落，容止汪洋”，那是真正的大家风范。

笔者解读《天龙八部》，下的是笨功夫，之所以旷日持久，当然是因为自己太过愚钝。此前经刘再复先生向金庸先生作出“预告”，先生生前很感兴趣，数次提出希望一阅。但迁延至今，这才陆续出版，愧对先生良多；先生既去，江湖日远，唯努力进取，以不负先生之殷殷期望也。

陈志明

2018 年 12 月 15 日

图书在版编目(CIP)数据

金学馆·照见五蕴皆空：段誉·乔峰·虚竹：原型与隐喻 / 陈志明著. -- 合肥：黄山书社，2020.8
ISBN 978-7-5461-9161-4

Ⅰ.①金… Ⅱ.①陈… Ⅲ.①金庸（1924-2018）—侠义小说—人物研究 Ⅳ.①I207.425

中国版本图书馆 CIP 数据核字 (2020) 第 144703 号

照见五蕴皆空——段誉·乔峰·虚竹：原型与隐喻 **陈志明 著**
ZHAOJIAN WUYUNJIEKONG DUANYU QIAOFENG XUZU YUANXING YU YINYU

出品人 贾兴权
责任编辑 朱莉莉
责任印制 李 磊
装帧设计 观止堂_未氓
出版发行 时代出版传媒股份有限公司(http://www.press-mart.com)
黄山书社(http://www.hspress.cn)
地址邮编 安徽省合肥市蜀山区翡翠路 1118 号出版传媒广场 7 层 230071
印 刷 安徽联众印刷有限公司
版 次 2021 年 1 月第 1 版
印 次 2021 年 1 月第 1 次印刷
开 本 787mm×1092mm 1/32
字 数 110 千字
印 张 5
书 号 ISBN 978-7-5461-9161-4
定 价 39.80 元

服务热线 0551-63533768
销售热线 0551-63533788
官方直营书店(https://hsss.tmall.com)